Penumbra

Cuentos oscuros

JD Estrada

Arte de portada por Karelys Luna

Página web: www.karelysluna.com

Instagram: @karelys.luna

ISBN—978-1-960732-00-2

Para los que son más felices cuando sus sueños no los dejan dormir.

Índice

Introducción

Cosas raras pasan durante la noche. Aunque algunas son horriblemente reales (y las noticias lo confirman), la mayoría están en nuestra imaginación.

Algunos disfrutan montarse en montañas rusas intensas. Otros practican deportes extremos. Hay quienes les gusta el pique y hasta que no lloren, no son felices. En la literatura hay los que nos gusta que nos asusten, que nos ericen la piel y hagan que sea más fácil dejar una luz prendida de noche que dejar que nuestra imaginación juegue con la oscuridad y nuestros sentimientos.

Los cuentos de esta colección se escribieron para hacerte compañía, aunque signifique que duermas un poco menos. Aunque qué va, estos son solo cuentos, ¿no? Así que no hay nada, pero *nada* que temer.

Dulces sueños,

JD

Cosquillitas

El cuerpo no come cuentos. Sabe lo que quiere y lo que no quiere. Sabe lo que le gusta y lo que le da miedo. Desafortunadamente, la mente y el corazón ambos pueden conspirar en contra de lo que es mejor para el cuerpo. O al menos esa es la excusa barata que doy por haber aguantado tanto tiempo con Moisés.

Tan bíblico ese nombre del que hizo el agua partir. El mismo que le pusieron a este sin vergüenza que lo único que sabe partir es mi cara y mi corazón. Desde que le puse la ley 54 tengo más miedo que nunca porque veo los reportajes y sé lo que pasa todos los días en esta isla. No hay dinero para los albergues, pero 'chacho, la dieta de los políticos los tienen gorditos y colorados.

¿Y yo? Jodía. Durmiendo con sillas contra las puertas, un cuchillo de cocina debajo de la almohada y la cuna del bebé al lado de la cama. Para comer vengo a los *food courts* de

San Patricio y Plaza, que, aunque no son los más seguros ni la comida más saludable, al menos hay gente. Al menos no estoy sola.

Pero sea la madre de esa sensación de que me están mirando. Mami me ha ofrecido quedarme allá un montón de veces, pero no he querido molestarla. Además, es que vive en Villalba. Pero más allá de que viva en el jurutungo, el hecho es que yo me metí en este lío y ahora me toca salir del meollo.

Cargo a Adán mientras espero en la fila para comerme un canto de pizza con refresco. Milagro que tengo hambre así que aprovecho el antojo. Lo otro es que si se me pasma el hambre, me puedo llevar la pizza y comérmela en casa. De pensar en la vez que traté de recalentar un *hamburger* casi vomito en la fila.

Pero maldita sean estas cosquillas en el estómago. Almorzar será aventura y media, pero o como o no tendré nada para darle pecho a Adán.

—Es que me lo como —escucho decir a

alguien detrás de nosotros.

Me viro y hay una señora cuarentona haciéndole cucas monas y hablándole al bebo.

—¿Cuánto tiempo tiene? —me pregunta.

—Ocho meses —contesto y la voz de cansada me delata.

—Te da candela, ya veo.

Le sonrío tratando de ver si me queda algo de simpática.

—Él y la vida, pero ahí le vamos.

—Ay, mija. La vida da duro, pero se sigue pa'lante.

Me habla como si yo fuese sobrina suya y por un momento me olvido de todo lo que me ha pasado y logro ignorar las cosquillas haciendo bulla en mis vísceras. Hasta me doy permiso de alegrarme de que alguien me hable como humano en vez de tratarme como un perro sarnoso que no se me quieran acercar.

—Así mismo y pues, él me hace compañía.

Las ojeras me llegarán a Pekín, pero mirar al bebo me alegra. Sin embargo, tengo que bajar la vista por lo cansada que estoy de todo esto. Del miedo. De las largas noches. De todo.

Ahí siento la mano en el hombro.

—No es por ser entrometida, ni na', misi, pero si necesita alguien que se encargue de ustedes, aunque sea un día, me deja saber. Los domingos no puedo por misa, pero el resto de la semana a la orden.

Me alegra tanto el que todavía quede algo de gente buena.

—Pues fíjese, a lo mejor la llamo. Mami me quiere dar la mano, pero ella está en suficientes bretes y vive pa'l centro. Yo me siento bien acá, pese a lo que esté pasando.

—Dale, si quiere, viene mañana acá, intercambiamos teléfonos y cuadramos aunque sea un día.

Antes de poder preguntarme yo misma de por qué se siente como si la señora me estaba despachando, me doy cuenta que ya me tienen la pizza *ready*. Le doy las gracias al cajero y a la señora. De paso aprovecha para decirme que se llama Violeta.

Me voy a comer la pizza en paz y aunque sigo sintiendo ojos en mí, logro comer. Al menos dos veces cruzo miradas con Violeta. Se está dando un café y más nada, aunque siempre tiene una sonrisa para regalarme. Por suerte, no cruzo la mirada con más nadie, en especial Moisés. Aunque lo había visto par de veces por ahí, por suerte parece que me estaba evitando ahora. Pena que la situación no es igual por teléfono.

Mientras estoy caminando de vuelta a la casa, me llama el hijo de su madre y no duro ni seis segundos antes de engancharle. Tenía ese tono de voz de exigir y amenazar y no podía dejar perder el almuerzo porque este estaba virao. Me sigue llamando y las cosquillas en el estómago están a millón, pero soy fuerte y paso las llamadas al buzón de voz.

Llego a la casa y no puedo creer que estoy agradecida de que en mi apartamento la señal es una basura. Le contestaré a mi tiempo y si me sale del forro. El vecindario está más que callado y confieso que adoro la idea de un poquito de silencio.

Entro, pongo los seguros, activo mi supuesto sistema de seguridad de las sillas contra las puertas y hasta saco un martillo que lo pongo en la mesita de la entrada porque uno nunca sabe. Verifico que la casa esté vacía y voy al cuarto a sentarme en el sillón.

Aunque tengo náuseas y miedo, el llanto del bebo casi me saca la leche antes de quitarme el brasier. Le doy pecho, le saco los gases y jartito y contento se queda dormido antes de ponerlo en la cuna.

Escucho a alguien tocar la puerta y el estómago me da tres vueltas de carnero. Cuando me asomo por la ventana, veo que es Violeta y no sé cómo supo conseguir mi casa.

—Ay, perdone misi. Es que vi que dejó su sombrilla en el *food* court y en esta isla, no se puede andar sin paraguas. Le llamaba a distancia, pero no me escuchó. Creo que estaba en el teléfono.

La cara se me cae de vergüenza al darme cuenta que por distraerme por Moisés hice que esta señora caminara ocho cuadras por yo dejar la sombrilla.

—Perdone Doña Violeta, es que por suerte estoy funcionando y si no tuviese la cabeza bien puesta la dejo en algún sitio.

Las cosquillas me tienen de puntas y de verdad que tengo que estar perdiendo la cabeza. Le abro la puerta con cara de vergüenza y hasta le enseño el martillo de seguridad. Me río por lo loca que me tengo que ver, aunque me relajo al verla a ella.

—Para que veas lo que tengo en la cabeza.

Me río y pongo el martillo de vuelta en la mesa de la entrada. Tomo la sombrilla de las manos de la señora.

—Gracias. No tenía que venir todo ese tramo.

Le doy la espalda y las cosquillas casi me hacen vomitar, especialmente cuando veo mi sombrilla ya en el jarrón de la esquina. Cuando me doy cuenta que la que tengo en las manos no es mía, me arropa una sombra violeta hasta que las cosquillas se me van de un cantazo.

La puerta del cuarto abre y ojos que no parpadean miran al bebé que duerme plácidamente. Tranquilo, jartito y saludable. El mango del cuchillo se asoma debajo de la almohada. Con un jalón de la almohada queda descubierto y con un respiro que raya en la lujuria, se repiten palabras que dicen exactamente lo que el cuerpo quiere.

—Es que me lo como.

Resaca

—¡Ten cuidado que dicen que la resaca está bien mala!

NO falla. Cada vez que hay olas, mami me dice lo mismo. Pero pues, es mi mai y hay que quererla.

—Tranquila que yo no hago estupideces.

Me mira con esos ojos que saben más de lo que te imaginas. Ojos que aman, que miman o que, de ser necesario, te castran sea para evitar que hagas algo estúpido, o si ya lo hiciste, para que ni se te ocurra volverlo a hacer. Le doy un beso en el cachete, otro en la frente y un abrazo, aunque nada de esto impide que me diga su cuento famoso.

—Me recuerdo la vez que casi me llevó la resaca. Fue como una mano fría, pero no un frío normal. Me agarró por el tobillo y no me soltaba. No tengo idea de por qué me dejó ir, pero cuando me soltó, parecía nadadora olímpica. Poco más y corro sobre el agua.

—Lo sé, mami. Confía, no voy a hacer nada estúpido.

—En ti confío mijo, pero no confío ni en la carretera ni en el mar cuando está así de encrispetado.

A mami no le gusta que vaya a la playa tan temprano porque está demasiado oscuro, entre otras cosas. Dice que a esa hora es que los borrachos están a choretos, viendo doble y chocando triple. Pero le doy otro beso y un apretón esperando dejarla tranquila.

Siempre se han burlado de mí por guiar como viejito. Yo nunca le hago caso a eso. Mejor llegar sano y salvo que no llegar. En la Baldorioty estoy jugando a "evita el boquete" como siempre. Romper un aro es parte del pan de cada día para algunas gomeras y mecánicos del área, pero este que está aquí no tiene dinero para semejante inversión. Mientras paso por los puentes elevados, puedo ver que hay olas bien grandes rompiendo en los arrecifes.

—¡¡¡Yewww!!!

Grito porque sé que hay buen chance de que las olas estén de show. Las banderas están quietecitas así que no hay viento. Lo mejor para surfear. De paso, no hay casi nadie en la calle así que hay también puede ser que no haya mucha gente en la playa y pueda disfrutármelo solito. La vida es buena.

Viro hacia Piñones. Desde el balneario veo a gente sometiéndole a Caballos. Así le dicen a la ola que rompe a la izquierda del islote saliendo del puente de Boca de Cangrejos. Esa ola rompe mar abierto. Reconozco plenamente que hace falta tenerlos bien puestos para ir a esa ola y este que está aquí no le interesa semejante aventura.

Dejo que mi pie presione el acelerador un poquito más y mientras más rápido voy, más pendientes están mis ojos de la carretera. Tengo esa sensación de que algo intenso me espera y aunque siempre tengo cuidado, la adrenalina va subiendo con anticipación.

Es como si las líneas de la carretera me han hipnotizado y me van halando. Son muchas las veces que he tomado esta ruta para ir a surfear. Al pasar lo que le llaman la curva de Los Migueles, me encuentro con algo que no esperaba. Es la curva antes de llegar a la recta en donde están todas las playas de surfear de Piñones. Por lo general ahí es tu penúltima confirmación si hay olas. Si está grande ahí, está bien grande en las playas.

Pero no es una ola lo que me llama la atención. Es una pared de neblina...ahí. No recuerdo ver ninguna señal de neblina de camino. Tampoco hubo nada en el pronóstico.

Luego de pasar la curva hacia la derecha, no se ve nada de neblina. Qué raro que solo estuviese ahí. Lo que sí veo es que la playa que se llama Chatarra está para los bravos.

Veo alguien en una ola y siento su adrenalina hasta acá. Tiene que ser una ola de más de doce pies de cara. Se para en la tabla. Baja al fondo de la ola. La ola rompe. Él desaparece. Tres segundos después, sale volando cuando el tubo detona.

Justo atrás viene un *bodyboarder.* Uno de los míos. Le rema a la ola duro y cae al vacío un poco antes de que recupere el control. Ahí se pone en posición perfecta y va directito a que la ola lo cubra por completo. Suelto el acelerador y se me tranca la respiración esperando a ver si sale. No solo sale, sino que cambia su trayectoria para ir hacia el tope de la ola, que debe tener mínimo ocho pies de altura. Veo cuando hace contacto con una sección de la ola que lo lanza en el aire. Él procede a extender la tabla encima suyo, estira las piernas como todo un Michael Jordan acuático y cae la maniobra como seda.

Me alineo en el paseo un momento. Cuando paro por completo, veo otro set de olas entrar. Está intenso y otro *surfer* le rema a una ola. La fuerza lo lleva, se para en la tabla, pero no se esperaba lo duro que iba a romper la ola. Su cara no puede ser de muchos amigos, algo que no le culparía a nadie que estuviese de camino a pescar erizos.

Son pocos los que están dentro del agua y mucha la audiencia gritando desde la orilla. Cuando rompen tres olas que barren con cualquier persona que estaba en el agua, me queda muy claro la situación, porque aún en el carro y a esa distancia, las olas se escuchan y se sienten.

—Diaaachee...ya veo por qué no se meten.

Vuelvo a acelerar y viendo el tamaño que tienen las olas le paso a las playas de Aviones y Tocones. Sé que estarán demasiado de grandes para lo que yo doy y voy directito a la que le llaman Tractores. La última playa que solo vale la pena cuando el resto de las playas están gigantes.

No es una playa que frecuento mucho porque tienes que dejar el carro bastante solo y lo menos que necesito es que me rompan una ventana para robarme algo del carro.

Estaciono de una y le pongo el bastón de

seguridad. La tensión me corre por todo el cuerpo. Hacía tiempo no sentía ese miedito de que te vas a encontrar algo que no te esperas.

Atravieso los matorrales, cruzo el camino de las bicicletas y voy de una para la arena. Antes de verlas, escucho las olas rompiendo. Paso la duna y los ojos casi se me salen de la cabeza. Las olas están de seis a siete pies sólido.

Miro a lo lejos y mi estómago da un brinquito. Ahí de nuevo veo la neblina. La contemplo un momento a ver en qué dirección va. Pero no se mueve. Se queda a la distancia...presumo que la falta de viento tiene que ver con la falta de movimiento de la neblina. No puede ser la misma que vi en los Migueles. La hubiese visto en alguna otra parte de la ruta. Lo otro que me está raro es que la temperatura no está para tener neblina. Ni remotamente cerca de eso. Pero ahí está y justo en frente están las olas. Solo hay un problema. No hay ni una persona en el agua.

—Ñeta...Meterse así es buscar fuete.

En ese momento, tres olas perfectas se alinean y rompen en una secuencia que las hacen parecer fabricadas. Cada una más grande y perfecta que la anterior. Aunque el miedo puede afectarme el estómago un poco, las ganas de montarme en una ola así pueden más que cualquier intimidación atmosférica.

Comienzo por estirar y calentar porque no es día para tener un calambre. Miro a lo lejos y sigo viendo la neblina. Espero que no le dé por aguarme la fiesta. Me pongo las chapaletas. Tomo unos respiros profundos y acelerados y pego a correr para entrar a las olas. Cualquiera que me viera pensaría que estoy en una competencia con el tiempo contado. La realidad es que no quiero que me caiga una ola cuando vaya entrando, que es de lo peor que te puede pasar en el agua.

Aunque la corriente está fuerte, las ganas de montarme en una de esas olas mágicas puede más que la lógica, el miedo o la sensatez. Vienen olas hacia mí y me sumerjo, pasándole justo por debajo.

—Que leche... —digo al salir al otro lado de la ola.

Sigo remando y miro hacia la orilla hasta encontrar la pequeña palma de siempre que me ayuda posicionarme en donde rompe la ola. No hago más que llegar a donde quería y por ahí viene una para mí.

No lo pienso, le remo y de un chapaletazo me lleva. Siento como la fuerza de la ola me jala. Hay mucha agua en movimiento y mis sentidos se agudizan. Veo como se forma una especie de escalón en el agua, algo que he visto antes y sé lo que tengo que hacer. Es un escalón en el que de seguro no te quieres tropezar. Manejo el bajoncito, lo bueno es que me da un empujón y velocidad adicional.

Planeo la tabla buscando la ruta con mayor velocidad y parezco todo un pro. Mi trayectoria es digna de película mientras la ola comienza a romper rápido y duro. Me alcanza hasta que me cubre lo que le llaman el tubo. Apunto mi tabla hacia donde quiero ir y mantengo mi brazo izquierdo firme, velando mi balance. El brazo derecho también me ayuda aguantar la tabla. Estoy firme y en control dentro del caos perfecto que es una ola.

Cuando la sombra de la ola me arropa por completo, me inclino lo más adelante que puedo en la tabla. Esto me da más velocidad. Levanto las chapaletas, un movimiento que me ayuda a acelerar aún más. Rompen dos secciones adelante mío pero las paso y salgo seco, gritando y riendo como un guasón.

—Así es que se empieza un *session*, ¡¡¡coño!!!

Sintiendo el jalón de la corriente, opto por salir. Es mejor correr en la playa para no quemar energía ni salirte de posición demasiado. Pero algo me para en seco. Ahí mismo, a unos metros más allá de donde comienzan a romper las olas, veo la neblina ya casi encima.

—¡Sea la madre!

Corro y nado como si fuese a apagar un fuego. La urgencia es porque estoy claro que no voy a poder ver tres carajos. Aunque sea quiero una ola más. Me río mientras remo porque si hay una mentira universal de cualquier *surfer* o *bodyboarder,* es esa: *solo quiero una ola más.*

Sigo remando absurdamente concentrado. Veo que la suerte está conmigo cuando entro de una gracias a una de esas mermas en las olas. Aunque le remo fuerte hasta llegar a donde comienzan las olas, la neblina llega a la misma vez que yo.

—Ñeta...No se ve un carajo. Mano, aunque sea una más.

Primero se me hace dificil ver la orilla. Después, se pone tan intenso que por suerte veo a diez pies en cualquier dirección, pero el resto, gris. Por lo general me quedo tranquilo porque sé lo que puedo esperar del mar. Ahora, entre la neblina y no poder ver bien mi ubicación en una playa del cual no estoy familiarizado, me entra un frío olímpico.

Una cosa es meterse cuando está bravo. Otra cosa es no poder ver ni un tercio de un carajo cuando está bien grande y estás bien solo. Remaría para salir del agua, pero si vienen olas en ese momento, no me va a ir bien. Mi cuerpo se trinca al momento que escucho unos pescados brincando a la distancia. Lo menos que necesito es otra sorpresa.

De la nada se escucha un llanto.

En el momento que lo oigo, no me suena a palabras, sino una cacofonía balbuceada de otra dimensión. Pero luego de escuchar algunas veces, me doy cuenta de que alguien está llamando. El tono es triste, agotado. No es hasta la tercera vez que escucho el ruido que puedo descifrar claramente una palabra.

—¡Ayúdame!

Mis ojos se abren como los de un búho y empiezo a remar hacia la voz.

—¡¿Dónde estás?!

—¡Ayúdame! —repite.

La voz se siente más lejos ahora. Pito bien duro y grito.

—¡Hey! ¡Rema *pa'cá*! ¡Nada hacia mi voz!

—¡Ayúdame!

La angustia en la voz me desgarra mientras le sigo remando en busca de quien esté en el agua.

—¡Sigue llamando que te pongo en la tabla y salimos juntos en una ola!

—¡Ayúdame! —dice la voz más cerca.

—¡Eso es! ¡Sigue mi voz!

—¡Ayúdame! —dice la voz hasta más cerca y creo que la escucho llorando.

—¡Tranquila que ya mismo salimos! —le grito a la neblina.

Ya no se ve ni a cinco pies de distancia.

—¡Ayúdame! —dice la voz de nuevo.

El agua suena como si más peces estuviesen brincando.

—¿Qué carajo? —digo al sentir agua salpicándome de lo que esté brincando.

—¡Ayúdame! —dice la voz de nuevo, pero ahora viene de otro lado y sigue el casi llanto.

—¡Ayúdame!

Suena de otra dirección...pero no está llorando. Está casi cantando coquetamente. Me toma medio segundo darme cuenta lo fácil que es confundir un llanto con una risa.

En ese momento, una descripción que me han dicho miles de veces para tratar de meterme miedo se vuelve realidad. Parte de mí siente pena por no haberle hecho caso a Mami. Pero el resto de mí lo que siente es terror.

Una fuerza se hace sentir alrededor de mi tobillo. Dedos helados agarran, aprietan y halan. Mientras veo la superficie alejarse de mí, aguas traicioneras ríen entre ola y ola. Entremedio quedo yo, tragando agua y bailando con sombras en el agua turbia.

El Viejo San Juan

Si lo mides en pies cuadrados, el Viejo San Juan no es tan grande. Ahora, si lo mides en términos de historia, es enorme. Cada calle, cada edificio y cada rincón tiene un cuento. Algunos son simpáticos, otros curiosos, pero dentro de toda historia hay oscuridad. El Viejo San Juan no es la excepción.

Édgar no es un santo, pero no es mal tipo. Paga su planilla a tiempo, bebe lo necesario (que no es algo descomunal) y aunque no es misionero, ayuda a la gente y nunca mira a una persona como inferior. Este último detalle es algo que les cuesta mucho trabajo a algunas personas. Por suerte, Édgar tiene una predisposición genética para ser humilde. Camina con orgullo en vez de "orguille" y siempre tiene un peso suelto por si las moscas.

Viene directo de la Calle San Sebastián con botella de agua en mano para bajar cualquier nota que tuviese. Aunque por lo general es una criatura de hábito, decide cortar por un callejón en la Calle Sol. Todo sea por evitar el corillo de *guaynabichitos* que iba adelante ya que cada uno debe tener como diez palos encima y él no está en las de buscar bronca.

Cuando finalmente gana distancia entre él y el grupito alborotoso respira aliviado de no tener que aguantarlos. Mirando más adelante, ve a un don viejo sentado en el piso recostado a la boca de un callejón. Aunque Édgar no reconoce el tramo, le parece que corta a la Calle Luna.

El don está medio dormido (o dormido y medio) y tiene un vaso aguantado a medio ganchete. Édgar se da cuenta rápido que el vaso no tiene refresco, sino unas cuantas monedas, la señal universal de: *si tienes algo que puedas dar, te lo agradecería.* A su lado hay un perrito que aunque está bastante sucio, más feliz no puede estar echado junto al señor.

Entre el don que usaba la esquina de cama

y los ojos del perro, Édgar no puede bregar con la pena y saca el dólar del bolsillo. Lo enrolla y lo pone en el vaso con tanta delicadeza que el don ni se inmuta. Le sonríe al perrito y al señor dormido antes de seguir por el callejón que milagrosamente no huele ni a humedad ni a garita.

No está súper iluminado, pero no es boca de lobo. Por eso es que le toma tan de sorpresa cuando, a poco más de la mitad del callejón, un cantazo lo deja en el piso. Es un milagro que no cayó inconsciente. Con sangre bajándole por la nuca, lo único que ve son tres celajes y una voz que dice.

—Sácale el *wallet* y el celular a este mamabicho.

Siente un gruñir más arriba en el callejón y, aún en el piso, solo piensa en que no le hicieran nada al perro. Junto al gruñido suena algo más. Algo profundo y oscuro. Édgar no sabe si es su visión o si la luz se está poniendo más oscura. Lo que sí sabe es que a lo lejos ve sombras ondulando en el callejón. Formas sin forma. Sábanas de oscuridad que flotan.

—¿Qué carajo es eso? —dice otra voz.

El callejón contesta con el sonido de una sábana larga desgarrándose en tiras. A esto le sigue un sonido de un saco de papas cayendo en seco sobre los adoquines.

—¡Johnny! —grita una tercera voz.

Pero el grito a Johnny se queda a medias, castrado y reemplazado por lo que suena a un caimán con algo atorado en su tráquea.

—¡Ay puñeta! ¡Ay puñeta! ¡Ay puñeta!

Se escucha esa primera voz repitiendo la frase como si fuese un rosario.

Édgar finalmente recobra la vista y cuando enfoca ve a un muchacho con un tubo de metal en la mano mirando a todos lados buscando a qué meterle un cantazo. A sus pies hay un cuerpo boca abajo. Está inmóvil y sus extremidades están todas dobladas en direcciones que no hacen sentido con la anatomía humana. Además, percibe un líquido oscuro y viscoso tiñendo los adoquines. Sale de una herida en donde el hueso quebró la piel.

Finalmente, los ojos de Édgar recobran algo de visibilidad y ahí conecta su mirada con la del perrito sato. Aunque Édgar está claro de lo que ve, no le quita que no entiende lo que está viendo. El perrito arrastra el cuerpo con una facilidad que no hace sentido. Lo tira por el brazo y lo hala como si fuese un juguete.

El muchacho que sigue de pie continúa murmurando como si estuviese por perder lo que le queda de cordura. Su voz y lo que Édgar puede ver del cuerpo de uno de sus asaltantes lo lleva a pensar que estos muchachos lo que pueden tener son dieciocho años como mucho. Unos nenes. El problema es que cuando se toman malos pasos, no se toma en cuenta la madurez (o la falta de ella). Quien mete las patas paga el precio, ya que si la vida es cruel, a la muerte sí que no le importa tres pepinos ni quién eres ni cuáles son tus circunstancias o justificaciones.

A la distancia, Édgar se da cuenta que hay una sombra moviéndose más arriba en las paredes. Se desliza como el alma de una araña. El muchacho sigue dando vueltas buscando quién lo atacó a él y sus amigos. La sombra llega a estar encima de él, en donde se detiene. Espera un momento antes de desprenderse de la pared. Parece humo líquido y desciende hasta caer justo detrás del joven.

Por un momento parece humo, pero lentamente cobra textura, piernas, brazos, torso y hasta una cara. Una cara que ya no está dormida y que por dientes tiene una fila de cuchillos de marfil, dignos de tiburón. Se estilla el cuello con toda la calma, llamando la atención del joven que se vira y le tira con todo lo que tiene. El viejo frena el tubo con su mano izquierda como si el ataque fuese unas cucas monas de un nene jugando.

—¿Así que el machito cree que tiene cojones?

Mientras la voz del señor es ronca y

moribunda, la sonrisa que le brilla está llena de energía oscura e intención malévola. La mano derecha que tenía libre tira hacia debajo de la cintura del joven seguido por un sonido violento, crujiente y mojado. De un jalón se queda con cantos de mahón, calzoncillos y carne en la mano.

—Como que te quedaste corto, papá —dice el señor con su sonrisa de cuchillos.

Todo se torna negro para Édgar. El olor a sangre, sea la suya o la de las víctimas del callejón, es la estela de memoria que lo lleva a la inconsciencia.

Cuando vuelve a abrir sus ojos, es porque algo toca su brazo, además que la luz de la mañana le está dando directo en los ojos.

—Parece que la cogiste larga, mijo. Con ese cantazo en la cabeza, me parece que alguien te quiso hacer compañía de la mala. Por suerte, tienes tu *wallet*, tu teléfono y tu vida así que demos gracias por eso.

Cuando logra enfocar, Édgar ve una señora

mayor sonriéndole. Le anda pasando un paño húmedo por la herida con mucha delicadeza.

—Qué... ¿Qué pasó?

—El viejo Juan me vino a buscar esta mañana. Él siempre está parquea'o en alguna esquina con su perrito y mira que él no se mete con nadie. Pero me dijo que escuchó un alboroto en la madrugada y te encontró ahí.

Édgar se sienta y mira al viejo echado más arriba en el callejón. Dormido. Inmóvil. En paz. A su lado está el perrito que lo mira detenidamente. Entre las patitas tiene un hueso mucho más grande que el de un pernil y se lo saborea hasta que conecta con la mirada de Édgar. El perro deja de masticar. Lo observa fijamente y dando lo que parece ser una sonrisa canina, le guiña el ojo antes de volver a entretenerse con su hueso.

Penumbra

1. Cruzando puertas entre mundos

El tiempo hace cosas raras en el Viejo San Juan. Además del aire de historia y la nostalgia que permean las estructuras, hay algo que flota entre sus calles. Algunos le llaman peligro, otros lo tildan de misterio y hay quienes dicen que la antigua capital tiene magia de la vieja. Nada de niñerías ni trucos. Magia de verdad.

Nico es de los que es puramente escéptico. Bueno, *era*. Ahora mismo cree en la magia completamente. Carga una vela de santo que pone en frente de una pared que no tiene nada sobre ella. Ni grafiti, ni avisos, ni pasquines de algún *party*. Nada. Es uno de esos milagros pequeños que no deberían sorprender, pero pues, así es PR.

Mira a su izquierda y Natalia asiente con la cabeza como si aprobara de lo que él acaba de hacer. Ella se ve en control mientras él simplemente sigue órdenes.

—Léelo —dice ella.

Nico traga gordo. No quiere estar donde está ni haciendo lo que está haciendo, pero mirando la pistola en la mano de Natalia, sabe que no tiene otra opción.

—Estás segura de...

—Que lo leas —dice Natalia que con la ayuda de su arma logra enfatizar cada sílaba perfectamente —A-ho-ra.

Nico carraspea y comienza a leer el papel que fue escrito con su sangre. La herida de su costado sigue sangrando y las palabras le sonríen siniestramente hasta colársele en su mente para luego cascadear de su boca.

Más allá de Ballajá
Entre Luna y Sol
Brilla en la oscuridad
Dulce muerte sin temor

Ni la una ni la otra
Sino eclipse a medio andar

Más allá de Ballajá

Bailarás hoy con el mal.

Un paso adelante

Y dos atrás

Abre ahora y recibe

La Penumbra.

La calle ruje profundamente. La pared late. Un viento apaga la vela y una grieta comienza a florecer en la pared hasta que un pasillo abre frente a ellos mostrando una garita que sirve de puerta. El pasillo suelta una luz tenue que parece latir.

Natalia mira a Nico y le sonríe con bastante odio.

—Tú primero, corazón.

2. Hotel de los encuentros

El pasillo no es muy ancho y huele a humedad fría y a miedo. Nico le parece que el segundo ingrediente se lo está poniendo el mismo, pero al tener una pistola dándole empujoncitos para que siga adelante, le parece que se le perdona si suda un poco.

Luego de caminar un poco, el pasillo abre a una pequeña plaza que tiene edificios a vuelta redonda. Todos parecen estar hechos de madera. Huele a grama, madera vieja y aire el triple de viejo.

—Para —le dice Natalia.

Miran a sus alrededores. Desde edificios un poco más grandes, hasta casuchas, la placita termina pareciendo como si han tomado fragmentos de diferentes estructuras y los hubiesen mal unido.

Hay docenas de faroles en la plaza. Todos son con fuego, nada de electricidad. En el aire flota pura estática y presión. Algo más se huele, pero Nico no tiene idea qué es. Eso sí, lo que sobra para ver en el brillo de las luces carece para otros sentidos.

—¿Soy yo o no se escucha nada? —dice Natalia.

—Pensé que eso era normal para aquí —responde Nico —No es como si tengo un tercio de idea de dónde estamos.

El cantazo en la nuca no es para noquearlo, pero el mensaje queda claro de que si no tiene algo que aportar, el silencio siempre es una buena opción. La luz es homogénea y marea con lo monocromático que se ve todo. En el poco cielo que se aprecia, las nubes dominan. A la luna tampoco se le permite tener ni voz ni voto.

A la derecha, una estructura les llama la atención. Pareciera que el edificio se diera cuenta que le prestan atención y se sonrojara. La luz a su alrededor sigue tenue pero no es una luz acogedora.

—Natalia. Sé que no eres la más fan de mí y confieso, el sentimiento es mutuo, pero esto me huele a que estamos buscando fuete pa'l fondillo.

Otro cantazo en la nuca le recuerda quién está en control y que el silencio es oro...y a veces salvación.

Le hace señas para que camine al edificio cobrizo y obedece sin mucha otra opción. Ambos toman pasos deliberados y el eco de sus pisadas parecen estar fuera de sintonía con sus movimientos. Nico siente que no logra enfocar ni en la luz, ni en los sonidos, ni en sus movimientos. Eventualmente Nico logra ignorar todas las sensaciones que le asaltan. Por su parte, Natalia no menciona nada en ningún momento. Ella sigue caminando, aunque sus pasos inseguros la delatan.

Ambos ven un letrero y el silencio intensifica.

El Hotel de los Encuentros — Est. 1561

Suben unos escalones de mármol que de alguna manera se ven sucios e inmaculados a la misma vez. La puerta de entrada abre lentamente. A diferencia de cómo se ve, la madera no canta ni se queja. Abre lenta y silenciosamente.

El vestíbulo tiene tan poco espacio que la definición le queda grande. Pero hay un recibidor, una mesa y una campanilla de recepción. Natalia no demuestra interés alguno de esconder su arma y mira a sus alrededores. Hay unas escaleras sumamente estrechas, una entrada a la izquierda a un cuarto a oscuras y otra entrada a la derecha.

La habitación a la izquierda está sumamente callada y la cortina detrás de recepción tampoco parece moverse.

—Toca el timbre —le dice a Nico.

Nico se vira con sus manos arriba como si le dijera *¿en serio?* Ella levanta el arma y no hace falta decir más nada para que el mensaje se entienda claramente.

Con cara de aborrecido, Nico toca el timbre sobre la mesa de recepción. Sin embargo, el sonido que escucha hace que su semblante pierda toda señal de color.

Por lo general, una pequeña palmada en un timbre de este tipo resulta en un *ting* o un *ting-ting*. El sonido comenzó en la campana del timbre, pero no se queda ahí. El eco del timbre perdura y comienza a moverse. Nico siente cuando el sonido se aleja, pasando por delante de Natalia hasta llegar al cuarto oscuro que está a la izquierda de la recepción.

—¿Qué carajo? —dice Nico cuando siente como su voz sale de su cuerpo, persiste en el aire y sigue la trayectoria del sonido del timbre hasta que también termina en el cuarto oscuro. Cuando el sonido de su voz finalmente se desvanece, le sigue un pequeño sonido, como si algo dentro del cuarto estuviese masticando.

Natalia saca su celular con mano temblorosa. Con un poco de esfuerzo logra encender la linterna. Se ven tres butacas y dos mesitas, una entre cada butaca y un teléfono sobre la mesita de mano izquierda. Detrás en la pared hay una pintura descolorida de lo que en algún momento pudo haber sido una garita, que ahora lo que tiene es grietas y limo. En la pared hay un anaquel amplio en donde está puesto un gramófono que aparenta tener un mínimo de un cuarto de libra de polvo encima.

A pesar de su situación y dinámica, Natalia y Nico se miran. Más allá del odio indiscutible, hay algo más profundo: entendimiento. Natalia apaga la luz y gira a la izquierda. Su mirada se encuentra con un pasillo largo que parece terminar en luz. No puede determinar si hay puertas en el pasillo, pero al menos la luz es un indicador de que hay mayor probabilidad de que haya alguien ahí.

—Ve tu primero —ella dice y al igual que Nico, ella siente como su voz sale de su boca y es halada al cuarto oscuro en donde eventualmente es masticada por la nada.

A Nico no le gustan las órdenes, pero respira profundo y traga grueso. La realidad es que está feliz de irse de la recepción. Camina, aunque tiene que convencer a cada pie de que es buena idea que se adentren más en el hotel.

El largo del pasillo resulta un poco absurdo en relación con lo estrecho del mismo. Dan paso tras paso y aunque no hay otra luz en el pasadizo, en ningún momento se les dificulta el camino. La luz al final del túnel les alumbra lo suficiente para no estar a ciegas, aunque determinar qué tipo de luz es la que ilumina resulta un poco más difícil.

Por algún milagro logran terminar de recorrer el pasillo. El mismo abre a un cuarto de puro color vino con detalles en oro. Hay dos o tres mesitas con letreros de *reservado* en ellos y quinqués encendidos. También hay una barra en el fondo con una multitud de botellas de todo tipo y cuatro banquetas.

Natalia le hace señas a Nico para que se siente en una de las banquetas. Ella deja una entremedio y también se sienta. Las botellas son de cristales tan inusuales como sus nombres. Una botella antigua lee *Agua Sangre*, otra dice *Lenguas de Sol*. Ninguna tiene un nombre o semblante que hayan visto antes.

—Bienvenidos —dice una voz profunda desde el otro lado del cuarto.

Ambos Nico y Natalia miran en dirección de donde vino la voz, pero solo ven unas plantas, un sofá con una estatua gris encima y un teléfono antiguo similar al que vieron en la otra habitación. Mientras sus miradas siguen buscando, la voz se deja sentir de nuevo.

—Hacía tiempo no tenía visita.

Nico y Natalia tardan un momento en darse cuenta de dónde viene la voz. La estatua se levanta del sofá amplio y se dirige a la barra. Mientras camina, estira su cuerpo amplio.

Bajo las luces, se nota que aunque la piel tendrá parchos de piel color piedra, dependiendo del lado del torso, se mezclan marrones amarillentos de un pelaje animalesco o verdes tornasol, característicos de una piel más reptil. Camina con movimientos fluidos que la llevan del sofá a la barra en un mero instante.

Cuando se vuelve a los jóvenes, son dos cabezas las que los miran. Las cabezas miran a Nico y luego a Natalia como si los estuvieran analizando con detenimiento. Sin aviso alguno, la criatura pesca dos vasos de la barra, los enjuaga y luego procede a secarlos.

—Buenas noches y bienvenidos. ¿Qué les puedo ofrecer? —dice la estatua hablando por la cabeza de león.

Natalia toma un respiro lento para intentar calmarse y cubrir el temblor en su voz.

—No queremos nada de beber, solo buscamos a un amigo. Se llama Marco. Pelo negro por los hombros, cicatriz en su mejilla, otra en el cachete y ojos claros.

Ambas cabezas de la estatua sonríen. La serpiente extiende su larga lengua y se limpia a sí misma y su cabeza hermana antes de contestarle a Natalia.

—Ah...esa descripción me suena.

La garra de león acaricia la mejilla felina mientras los considera un momento.

—Les confesamos que si consumieran algo sería un poquito más fácil recordarnos. A ver...

La cabeza de león rueda sus ojos como si se fuera en un trance. Mientras tanto, la larga lengua serpentina latiga el aire suavemente en frente de Nico y Natalia, pero sin tocarlos.

—Me parece que al chico... —dice la cabeza de serpiente mirando a Nico como si pidiera su nombre.

—Eh...N...Nico —dice el joven, tropezando con su propio nombre.

Sale una sonrisa de pura mandíbula en el lado de león. La cabeza de serpiente también le sonríe con los ojos.

—A Nico...le gusta el ron... ¿coco? Sí. Ron con coco. Y la chica... —de nuevo deja la palabra en el aire para que alguien rellene el espacio.

—Natalia —ella dice sin muchas ganas de entregar su nombre a esta criatura.

—Naaataaaaliaaaa... —dice la serpiente alargando el nombre de la joven como si lo estuviera degustando.

—A ella le gusta algo...un poco más fuerte. Me parece que *Lágrimas de Menta* para ti.

La criatura se gira y con la mano izquierda de serpiente toma una botella. Su cola pesca otra y le da vueltas en el aire como todo un *bartender* experto.

Natalia la mira aborrecida por cuánto miedo tenga.

—¿Y el nombre suyo? —ella pregunta entre dientes.

Las dos cabezas de la criatura giran para mirarla. Cada una carga una sonrisa terrible. La de la izquierda con dientes grisáceos en su boca de serpiente y el lado de león con pupilas grandes y tan amarillas como sus colmillos.

—Mera —dicen las cabezas en unísono — Nos pueden llamar…Mera.

El nombre lo dice como si fuera arbitrario, pero Natalia aunque no es una santa, no es bruta. Recuerda la antigua Grecia y la leyenda de la criatura con cabeza de león, cuerpo de cabra y cola de dragón.

—Pues, Mera, acaben y sírvanos el palo. El tiempo no está a nuestro favor.

Apunta la pistola por instinto más que por efectividad. Las manos de Mera se encuentran y soban con aire de pura conspiración.

—Si el tiempo les falta o se les está acabando, no hay más que decir —dice la cabeza de león.

—Tienen que visitar la habitación Tres-Tres-Tres —dice la cabeza de serpiente con doble ese al final de cada tres.

—Les terminamos de servir rapidito —dicen juntas ambas cabezas.

La mano de león toma tres botellas y las vierte precisamente en una coctelera. Luego toma un frasco que es de un color verde siniestro del cual saca un gotero. Tomándose su tiempo, mide meticulosamente antes de soltar tres gotas muy precisas en la coctelera antes de mezclar y servir.

Mientras tanto, la mano de serpiente pone la botella de ron de vuelta y luego saca un coco frío de la nevera detrás de la barra. Echa hielo en un vaso, vierte ron que huele a distancia y consigue unos frascos con especias que huelen a Navidad. Luego sube uno de sus talones y con un cantazo súbito arranca el tope del coco del cual saca el agua que necesita para terminar el trago. Pone dos servilletas y encima de ellas cada uno de los tragos.

—¿Cuánto les debemos? —pregunta Natalia aun apuntando la pistola.

Mera le sonríe de nuevo.

—Con su compañía nos basta, no recibimos mucha visita en estos lares. Díganme, ¿qué tal el trago?

Natalia apunta la pistola a Nico y él le levanta las cejas incrédulo antes de tomar el trago y acercárselo a sus labios.

—A tu salud, cabrona.

Se lo lleva a los labios y toma un sorbo esperando morirse casi al instante. Sus ojos abren grande y mira a Natalia y luego a Mera.

—Wow. Quisiera decir que te graduaste, pero me parece que llevas haciendo esto hace mucho tiempo.

Sin necesitar insistencia, vuelve a tomar del trago y hasta se relaja en su banqueta. Natalia lo mira. Luego mira su trago. Luego mira a Mera. La criatura le sonríe, asintiendo con la cabeza como pidiendo que acabara y probara.

Natalia toma su trago en mano, lo levanta con su mano temblorosa y primero lo huele. Se le siente el alcohol, pero hasta en el aroma hay una melodía de cosas en juego. Lo prueba y es como si hubiesen tomado su trago favorito e hicieran una versión directo del Olimpo. Mira a Nico y él levanta los hombros.

—Te lo dije.

Se beben sus tragos y hasta sacan dinero para dejar propina.

—No hace falta —Dice la cara de león.

—En serio. No tenemos uso para su dinero aquí —añade la serpiente.

—Ahora, referente a su amigo, Marco, si no nos equivocamos, visitó el hotel hace unas semanas. ¿Posiblemente se quedó dos o tres noches? No estamos seguros. Cuando vino a la barra y se relajó nos contó que alguien le hizo una mala jugada. ¿Cómo fue que dijo después? Ah sí. Que quería perderse.

Aunque la estatua viviente se queda pensando en lo que acaba de decir, Natalia no puede bregar con el silencio.

—¿Y entonces qué?

Las dos cabezas le miran a ella con detenimiento. Su respiración profunda les da un aire calculador a ambas cabezas.

—Si de algo sabemos nosotros aquí es de cómo perdernos. Si alguien quiere perderse, con gusto le ayudaremos.

Mera produce una llave con un llavero que lee 333.

—Aquí está la llave de la habitación que tienen que ir. Asegúrense de que cuando salgan del pasillo vayan directo a las escaleras. Por favor, no entren al cuarto oscuro.

—¿Por qué? —dice Nico sin poder aguantarse.

La criatura lo mira con sus dos cabezas y aparte de su postura antropomórfica, las expresiones en ambas caras son lo suficiente para callarle la boca.

—Porque no es una orden, solo una sugerencia de amigos. Cualquier palabra que se haya llevado el cuarto cuando llegaron ya la deben dar por perdida. No le den más que su hambre no tiene fin.

—¿Hambre de qué? —pregunta Nico y antes de que la criatura pueda reaccionar, Natalia le da por detrás de la cabeza.

—Siempre con tus preguntas y metiéndote en lo que no te importa. Por ti es que estamos en este maldito sitio.

La quimera le mira a ella con una sonrisa sorprendida.

—Ya veo por qué le gustas a Marco, aunque no puedo decir que entiendo qué le ves a él. No es mal muchacho. Sin embargo, si antes estaba en malos pasos y a riesgo de perderse, ahora está el triple. Habitación Tres-Tres-Tres. Ahí conseguirán lo que necesitan.

Natalia le sube las cejas a la estatua.

—¿Y qué crees que necesitamos?

La quimera le contesta con su doble sonrisa.

—Tiempo y la verdad.

3. El reloj de la suerte

Nico y Natalia caminan de vuelta por el pasillo largo y sienten como se van alejando de la luz de la barra. Cualquier calor que les habían regalado las velas y el licor se van disipando con cada paso. Natalia se voltea viendo como la luz de la barra va atenuándose hasta apagar y dejar un vacío oscuro al final del pasillo.

Ambos caminan con trepidación y los latidos mutuos se aceleran mientras se acercan a la recepción. Habían acordado callar e ir directo a las escaleras. Llegan al área donde domina una luz tenue y azul. Fijan sus miradas en la sala de enfrente y se percatan de una inscripción que no habían notado antes, encima de la entrada.

Sala del Eterno Silencio

Nico carraspea tratando de controlar sus nervios y siente como el ruido de su carraspeo es halado y absorbido por la habitación. Natalia le hace señas de que calle, aunque ni un susurro se atreve soltar. Miran la escalera que, aunque estrecha, tiene un marco con un óleo cuyo diseño se lo queda la oscuridad. Justo al lado hay una repisa con dos candelabros sobre ella cuyas velas están apagadas.

Pasan por la recepción sin atreverse a darle la espalda a la habitación. Suben los primeros cinco escalones en reversa hasta llegar a los candelabros. Natalia toma uno en la mano y le hace señas a Nico para ver si tiene un encendedor. Él responde que sí con la cabeza. Saca el encendedor de su bolsillo y lo lanza a Natalia sin pensar.

Ella lo atrapa e inmediatamente lo prende. Esta vez no solo el sonido del encendedor se desplaza, sino que la llama de fuego se inclina en dirección al cuarto oscuro.

El momento en que escuchan a la oscuridad masticar el ruido, a Natalia se le cae el candelabro. Rebota una, dos y tres veces hasta caer al frente de la habitación.

El ruido morfa y ondula hasta que entra al cuarto. El silencio mastica lentamente. Antes de que puedan tener otra reacción, el candelabro parece ser halado bruscamente hacia la oscuridad en donde se escucha el sonido de metal doblando y magullándose antes de que domine el silencio nuevamente.

Con ojos abiertos que gritan en su dilatación, Natalia hala a Nico por su camisa para llevarlo al segundo piso. Pero no corre. Necesita que el silencio reine en su trayecto y no es hasta que llegan al próximo piso que se permite respirar un poco más. Además, el alivio que siente al ver como sus ruidos no son succionados a una nada le quita como veinte libras de los hombros. Desafortunadamente, el alivio no dura mucho. Al mirar al próximo piso, nota que las escaleras están completamente bloqueadas porque el techo colapsó.

Nico observa el pasillo del nuevo piso y ve

tres luces a lo largo del espacio. No hay mucho que ver: una pequeña mesa con sillas a ambos lados de la mesa y un teléfono idéntico al de la barra y la sala al lado de recepción. En el resto del trecho solo hay cuatro puertas y al final otras escaleras. Mira a Natalia y no tiene que preguntar, simplemente empieza a caminar por el pasillo mirando a todos lados por si alguna sorpresa le da por causarle un infarto.

Las paredes están decoradas con papel pintado con un cachemir que marea si lo miras por mucho tiempo.

—La psicodelia dentro de una psicodelia —dice Nico.

Natalia no le hace mucho caso. No tenía ganas de darle otro cantazo con el revolver. Caminan lentamente como si el piso estuviese minado. Pasan la mesa e ignoran la tentación de las sillas para sentarse un momento.

RINGGGGGGG

Ambos dan un brinco y miran al teléfono como si les hubiese insultado con su estruendo. Se miran y ambos se percatan que el color se les ha fugado de la piel.

—Ni. Se. Te. Ocurra.

Nico le responde abriendo los ojos como diciendo *NO gracias*. Siguen su camino hasta que deja de sonar el teléfono. Miran a sus alrededores, por donde vinieron y el resto del pasillo y comienzan a caminar de nuevo.

RINGGGGGGGGGGGG

De nuevo el teléfono. Excepto que esta vez suena más duro. Incluso, cada timbrazo parece aumentar de volumen.

—Síguelo —dice Natalia.

Nico continúa por el pasillo. Natalia lo sigue. Los timbrazos parecen acercarse a ellos, hostigándolos. La respiración de ambos se transforma en jadeos mientras siguen acelerando el paso. Pasan las puertas de las diferentes habitaciones sin ponerle atención a ninguna. Cuando llegan a las escaleras, de nuevo deja de sonar el teléfono.

Por instinto, Nico saca su celular del

bolsillo, pero no tiene nada de señal. Natalia le hace señas con la cabeza de que siga y suba las escaleras. Sus muelas se abrazan. Por suerte las miradas son solamente tajantes metafóricamente o Natalia ahí hubiese quedado.

Llegan al próximo piso. Rápido notan que está decorado con el mismo papel del piso anterior. Excepto que hay una gran diferencia. A solo pasos de adentrarse en el pasillo, el papel que lucía inmaculado comienza a pelarse, carcomerse y desprenderse de la pared. Si la vista aterra, el olor arremata.

—Humedad, secretos y muerte. Encantador.

Natalia se frota los ojos en frustración en parte por el tono de Nico y en otra parte porque tiene razón. A su derecha ve dos habitaciones frente por frente.

303 & 313

Señala a los números y Nico levanta los

hombros, confundido sobre lo que le quiere decir Natalia sin palabras. Ella se resigna a tratar de explicar más y se limita a hacerle señas con la mano para que sigan caminando.

Mientras caminan, el suelo de madera se deja sentir y escuchar.

Nico decide cortar el silencio.

—Todo esto por un tipo, ¿ah? Tiene que ser otra cosa en el saco.

—Cállate —le responde Natalia.

—Te lo juro que te voy a poner eso de apodo. Que mucho jodes.

—Gracias a ti es que estamos en esta mierda. Sabrá Dios qué le metiste en la cabeza a Marco.

—Bueno aparte de un poco de perico y kripis, no mucho.

Nico se ríe de su propio chiste. Natalia no sabe dónde se supone que esté el chiste.

—Sabes que somos adultos y si a él le dio por zumbarse a esto es porque insistió. Si no te has dado cuenta, lo oculto no es lo mío.

Pasan otra puerta cuyo número lee 323. En frente no tiene otra puerta. Incluso, no tiene nada. Solo un espacio vacío.

—Aquí parece que se comieron una habitación —dice Nico.

—O una habitación se comió a otra.

Natalia dice su comentario sin humor. Nico le responde con un silencio escueto. A él no le gusta lo mucho sentido que le hizo ese comentario. Mientras más progresan en el pasillo, más podrido el papel pintado y más dañada la madera que cruje bajos sus pies.

—Para —dice Natalia de repente.

—¿Qué te pasa ahora?

—Escucha.

Nico presta atención, pero no escucha nada por un momento. El silencio no perdura y de repente sí se escucha algo. Pisadas sobre madera. Se viran de repente y ven una mesa familiar frente a la habitación 323 que hace un momento no tenía nada de frente.

RIIINNNGGGGGGGGGGGGG

El timbrazo del teléfono es trueno en el pasillo entero. El auricular tiembla y baila en la base hasta que cae encima de la mesa.

—¿Qué en el…?

Natalia le tapa la boca al momento que escucha las palabras de Nico flotando en dirección del teléfono. No tarda mucho en llegar el sonido a la mesa, seguido por un masticado lento y deliberado. Dan pasos paulatinos y sienten como el gemido de la madera comienza en sus pies y termina en el teléfono. El temblor casi los domina hasta que se dan cuenta que han caminado lo suficiente para estar al lado de la habitación 333.

Como zombi, Natalia pesca la llave que les dio la quimera de la barra. La sostiene en frente de sus ojos y la mira fijamente antes de bajarla y abrir la puerta. En ningún momento desprenden la vista del teléfono que parece mirarlos con una paciencia odiosa desde la comodidad de su mesa.

Entran de espalda hasta poder cerrar la

puerta. Al girar, ninguno de los dos entiende lo que ve. El papel pintado de esta habitación contiene unas rayas sesgadas que desorientan por parecer que la habitación te hala en el lado izquierdo mientras el lado derecho tiene las rayas en la dirección opuesta y visualmente parece empujarte con sus ángulos y colores.

Además del papel, cada lado tiene un reloj abuelo, una silla y alguien que ocupa la silla. A la izquierda hay un hombre con espejuelos gruesos que magnifican sus ojos a la décima potencia. Viste de un traje de tweed ocre y zapatos de gamuza del mismo color. Su sonrisa desconcierta a Nico y Natalia casi tanto como sus ojos no parpadeantes.

A la derecha yace una mujer vestida en lana gris gastada. Además, lleva puestas unas gafas horrendamente oscuras que no develan ni la sugerencia de sus ojos.

Entremedio de los dos, hay un tercer reloj. Este es más grande y de alguna manera más terrible que los otros dos combinados.

—Soy Caribdis —dice el hombre a mano izquierda.

—Soy Escila —dice la mujer de la derecha.

—¿Quién les dio la llave? —dicen ambos.

—Co-conocimos a Mera —responde Natalia con bastante esfuerzo.

Caribdis y Escila se miran y ríen una risa que juega con las vísceras de los dos visitantes.

—Mera. Tenía que ser —dice Caribdis.

—¿Por qué están aquí? —pregunta Escila.

—Buscamos a alguien. Se llama Marco y lleva perdido tres días.

La mujer le sonríe y muestra dientes afilados agresivamente, pareciendo más apropiados a una piraña que una mujer.

—No recibimos mucha visita —dice Escila.

—Así que no lo han visto —responde Natalia.

La mujer desaparece su sonrisa de piraña dejando solo su mirada que quema aún a través de las gafas.

—No dijimos eso. Pero él lleva perdido más de tres días.

—¿Dónde está? —pregunta Natalia con más valentía de la que se esperaba tener.

Ambos la miran y luego se miran entre sí. La mujer le contesta.

—Él quería contestaciones a preguntas que pocos hacen.

—¿Qué quiere decir eso? —responde Natalia.

Caribdis mira a Natalia con sus ojos no parpadeantes. Le vuelve a sonreír como quien sonríe siguiendo instrucciones de un manual. Es una sonrisa artificial y tajante sonreída por quien parece nunca haber sonreído en su existencia.

—Quiere decir que siguió adentrándose.

Termina su frase apuntando al tercer reloj abuelo que está en la pared al fondo de la habitación. Caribdis se pone de pie abriendo sus brazos en un gran arco, gesticulando como todo un presentador de circo. Hace movimientos con sus manos para traerlos más cerca del tercer reloj.

El reloj es tan negro como el color se permite expresar en la realidad. Tan negro que parece quemado. En su barriga hay dos péndulos que van en dirección opuesta, aunque en perfecta sincronía.

—¿Cuán dispuestos están en seguir a su amigo?

—Ese no es amigo mío —dice Nico y Natalia le corrige con un cantazo de su pistola.

—¿Qué tenemos que hacer? —pregunta ella.

El hombre vuelve a reír incómodamente. Del reloj toma dos cadenas y las mira reverentemente. Cada una tiene una moneda de cobre al final con unas palabras en un lenguaje que no entienden ni Natalia ni Nico.

—Abran sus bocas —dice Escila con su sonrisa de piraña desde su silla.

—¿Qué dices? —contesta Nico mirándola incrédulo.

Natalia dispara a la pared y pega la pistola

caliente a la cabeza de Nico.

—Ella dijo que abriéramos la puta boca.

Caribdis no sabrá reírse, pero sí sabe sonreír como un sicópata.

—En qué carajos me has metido —dice Nico y abre su boca.

Natalia le sigue y Caribdis pone las monedas en la lengua de cada uno como si estuviera repartiendo la eucaristía.

Pasan unos segundos en donde nada sucede y Natalia le habla a Caribdis entre dientes para no soltar la moneda.

—¿Y ahora qué?

Escila se acerca al reloj y comienza a girar las manecillas.

—Ahora adelantamos hasta llegar a la hora cero.

Cuando las manecillas marcan las doce, comienza a sonar alto y profundo en su melodía.

Mientras suenan los campanazos, la cara del reloj abre revelando una boca masiva.

Dientes brillan en fila tras fila de promesas dentales que parecen llegar al infinito.

Nico y Natalia intentan escupir las monedas, pero antes de poder hacer nada, las cadenas los halan como pescados ingenuos que tuvieron que satisfacer su curiosidad frente a un anzuelo. De una, desaparecen tragados dentro de la boca del reloj.

4. Llanto subterráneo

Nico es el primero en despertar por una luz ámbar que ataca sus párpados. A esto le hace compañía un sabor salado y amargo que le corta la boca. Aunque sus ojos buscan entender sus alrededores, sus sentidos siguen recibiendo señales que lo confunden y aterran por igual.

La sensación mojada que siente es debido a que su cuerpo está fungiendo como represa, bloqueando un pequeño riachuelo que se desliza por una caverna. Por estar mirando a favor de la corriente, solo tiene la nuca empapada. Cuando pone sus manos sobre el suelo, nota que está acostado sobre una combinación de arena y gravilla.

Cuando levanta su cuello, su cuerpo entero se queja. Si se dejara llevar por el dolor que siente, pensaría que estuvo dormido varias horas. ¿O quién sabe? Podría haber pasado una década en esta pesadilla. Se sienta con la cara sucia de arena y mira a sus alrededores. Paredes a ambos lados, una luz ámbar que no sabe de dónde proviene, el techo más allá de donde llega la luz, el riachuelo y el cuerpo de Natalia a unos diez pies de él.

—Suerte la de esta de no haber caído en esta mierda de riachuelo.

Se levanta con dificultad, más tieso que un pan de hace tres meses. Estira y trata de que el movimiento que le da a su cuerpo se traduzca en alivio. Se dirige a Natalia y aunque ganas no le faltan de levantarla con una patada, se controla y toca su brazo suavemente.

—Natalia, despierta.

Ella se queja como si estuviese teniendo pesadillas. Por mala suerte, la realidad que le espera de seguro es peor de cualquier cosa que esté soñando. Nico la sacude un poco más fuerte y despierta. Desorientada, tarda unos momentos hasta que capta dónde está y pega un grito que retumba en la caverna.

—Mujer...por el amor a Dios, baja la puta voz —dice Nico con un dolor de cabeza digno de una resaca olímpica.

—¿Dónde estamos? —pregunta ella todavía sacudiendo el sueño de su voz y sus ojos.

—Fíjate, creo que estamos en el cruce de la Avenida de Bien Jodidos y la calle Ni Puta Idea. ¿Quieres levantarte a ver si podemos encontrar una salida?

—Lo último que recuerdo fue un reloj. Un reloj con dientes.

—Exacto...el que nos comió y ahora despertamos en una caverna oscura con una luz que ni idea de dónde viene y un riachuelo que no sé dónde pueda terminar. Por suerte, la gravedad sabe más que nosotros y al agua le gusta encontrar una salida. Así que, si a su merced le place, pues veamos a donde salimos.

—Estás graciosito.

—Ja...ja...ja. Me meo de la risa. Chijí chijá. Qué risa. Qué pavera. Me da tanta gracia no solo estar en donde estoy, sino que sabrá Dios qué carajo tiene esa agua salada porque por supuesto yo tuve que ser el que se despertó degustándola. Perdona si el sentido de humor me falla, pero uno: esto está un poco cabrón y dos: es por culpa tuya, así que si te jode mi tono, pues al carajo te puedes ir.

Natalia se para y lo mira con ojos de odio e ira. Si le duele el cuerpo, no lo deja saber ya que ni una queja sale de su boca.

—¿Cuánto tiempo llevas despierto?

—No mucho —dice Nico y la nota registrándose el cuerpo —Y tranquila, si te falta la pistola, no fui yo.

Los ojos de Natalia lo miran firmemente mientras sigue rebuscándose los bolsillos.

—¿Así que aprovecharás ahora que no tengo arma?

Nico se voltea y la mira con cinismo puro.

—A la verdad que lo de pendeja te queda de ma-ra-vi-lla. Cuando salgamos de aquí me preocupo de ver si me tengo que seguir defendiendo de ti. Por suerte, paré de sangrar, aunque espero que eso sea buena señal y no de que tenga que preocuparme de algo más. Aunque espera... ¿Qué es eso?

Nico trata de enfocar su audición porque algo le llamó la atención. En ese momento, Natalia ve su pistola en el piso. Aguanta su respiración e intenta disimular lo mejor que puede al ver dónde vino a parar el arma.

—No escucho nada —dice Natalia, agachándose silenciosamente porque lo menos que quiere es que él se dé cuenta que la pistola está más cerca de él que de ella.

El muchacho ni cuenta se da de los movimientos de Natalia, plenamente enfocado en intentar escuchar mejor. Levanta la mano pidiendo que ella calle para que él pueda escuchar. Ella con gusto lo complace y recupera algo de paz al tener control de su arma.

A la distancia algo suena como si se estrujara en sí mismo. Una tela frotándose con otra. Nico se da cuenta que el sonido viene de encima de ellos y apunta con el dedo. Cuando conecta con los ojos de Natalia no tiene que preguntarle si escuchó algo porque de lo pálida que está no le queda duda alguna que así fue.

Mueve su boca, aunque calla su voz para que ella pueda leer la palabra *murciélago* en sus labios. Ella asiente con la cabeza y él se para al lado de ella.

—Tenemos que caminar callados —le susurra Nico —No sé cuántos hay. Puede ser uno o mil.

A la distancia escuchan algo caer del techo y brincan al momento que estalla contra el riachuelo. Antes que Natalia pueda gritar, Nico le tapa la boca con su mano. La mira y ella no tarda en entender que o ella se calla o él la calla. Otro cantazo del riachuelo hace que ella brinque, pero él ni suelta su mano ni deja de mirarla hasta que logra calmarse lo suficiente para sacar la mano de la boca de la chica.

—Perdona, pero lo menos que necesitamos es llamar más atención de murciélagos. Mejor que beban del agua y nos dejen tranquilos a que les demos alguna idea vampirística.

Natalia asiente con la cabeza, aunque el sinsabor de cómo Nico la calló a la fuerza la tiene pensando en maneras de asegurar que el control vuelva a ella.

Chasssss

—Otro murciélago, pero escucha.

A la distancia ambos escuchan el eco de la caverna que carga un nuevo ruido. Es un pequeño gemido que es seguido por un sonido raro, como si algo tomara sorbos del riachuelo.

—Tienen sed. Eso sí, la luz esta me tiene hasta más confundido.

—Creo que viene de las piedras —dice Natalia —Es como si brillaran.

—Una caverna semi-fosforescente con murciélagos. Nos va de maravilla. Yo creo que lo mejor es seguir el riachuelo a ver a dónde nos lleva. Si te parece buena idea, vamos. Si tienes una mejor opción, en confianza me dices.

Natalia piensa un momento y desafortunadamente, no encuentra mejor opción. Le levanta los hombros sin poder brindarle alternativa.

—Pues vamos.

Nico se sacude la ropa mientras comienza a caminar.

Chasssss

—Me cago en los murciélagos —susurra Nico, aunque sigue caminando.

Mira hacia todas las direcciones y sigue escuchando todos los cantazos en el riachuelo. Los gemidos siguen llenando la caverna con su ruido bajo. Un sonido que les raya en la espina a ambos Nico y Natalia.

Nico se para y mira a la distancia.

—¿Eso es una luz?

Natalia mira y confirma. Apunta con la quijada, haciendo un gesto para seguir caminando cuando un cantazo da justo detrás de ellos en el riachuelo. Brincan y Nico levanta las manos como si fuese a darle un puño a lo que estuviese de frente.

Pero lo de valentía no le dura mucho ya que la luz es suficiente para dejarle saber a ambos que no son murciélagos cayendo en el agua. Dos ojos de leche grisácea le miran desde el riachuelo. El gemido proviene de una boca pequeña y delicada. El pelo riso y el cuerpo de infante no distrae de las pequeñas alas que salen de su espalda.

—¿Eso...es...un ángel? —pregunta Natalia.

Nico se aguanta las ganas de vomitar al ver a la criatura llorar y escupir una bilis grisácea. El riachuelo de repente se torna más viscoso a su vista y se da cuenta que el sabor que tiene en su boca es lo que está saliendo de esa criatura. Sea el shock del momento o que se haya vuelto insensible, le contesta a Natalia con un tono monótono y moribundo.

—Es un querube.

Al decir la palabra, la criatura salta hacia la oscuridad encima de ellos perdiéndose por completo de su vista. Nico se vuelve a Natalia y le habla con la misma voz hueca.

—Sigamos el riachuelo. A ver a dónde sale.

Nico ni pestañea. Natalia no sabe si está respirando, aunque al menos camina. Nico cobra un aspecto como si estuviese poseído. Natalia lo deja llevar la delantera mientras continúan por la caverna. Él camina robóticamente, a un paso acelerado que raya con correr. Lo último que ella quiere es estar sola en este lugar.

Acelera el paso mientras la luz aumenta en intensidad. Nico está unos treinta pies por delante y ella tiene toda la intención de cuidar la distancia a la misma vez que se mantiene lo suficientemente cerca. De momento nota que Nico ha parado y que el túnel ha abierto. El lenguaje del cuerpo de Nico no le inspira confianza y menos cuando él se voltea. La luz se refleja de sus ojos como cuando un gato te mira desde la oscuridad.

—¿Qué pasó? —ella pregunta, pero él no contesta.

Se acerca unos pasos.

—¿Qué hay Nico?

Él no le contesta. Simplemente se voltea de vuelta a la caverna. Natalia se le acerca y se le para al lado, sus ojos abriendo, su respiración quebrándose, sus palpitaciones saliendo del cauce del control.

—¿Eso es? ¿Qué es? Pero… ¿De verdad es?

Nico ni se inmuta en virarse para contestarle. Simplemente se enfoca en la figura masiva que tiene por delante.

—Es una flor.

5. La flor del río

—Vengan —dice la flor.

Ambos resisten, incapaces de dar un paso.

De frente tienen un manjar de ramas y enredaderas. En el centro de esto hay un tallo grande rodeado de pétalos que abren revelando el cuerpo verde de la flor. Sigue las curvas de un torso femenino, aunque carece de ombligo y pezones. El verde domina su cuerpo hasta la mitad y de ahí la piel comienza a teñirse de amarillos y hacia el cuello pasa el color a un rojo intenso.

La cara de la flor es del mismo rojo vivo. Aunque no tiene ni la sugerencia de ojos, sí tiene voz la cual es áspera y cruel.

—Que vengan a mí, dije.

Se quedan tan mudos como quietos, aún cuando el agua cruje detrás de ellos con la caída de un querube...seguido por otro...y otro.

La flor vuelve a hablarles.

—Con su merced o mi obligación,

obedecerán.

Finalmente dan pasos y se acercan a la flor, aunque no demasiado. Ella los escucha con detenimiento. Aún sin ojos parece que los mira intensamente.

—Huele a veneno. Dulce veneno. De ese arte soy conocedora y aquí el arte hasta lo pruebo en el aire que me respiran.

—¿Dónde estamos? —pregunta Natalia.

—En la cueva de la nada. En la tráquea del lobo. En el intestino grueso de la ballena.

Se ríe y aspira el aire con hambre vieja.

—Acérquense para saborearlos mejor.

Un par de colmillos se asoman en la cara de la flor. Ambos Nico y Natalia los ven. Tragan grueso. Músculos se tensan. Sin necesitar mirarse, saben que están de acuerdo respecto a cómo se sienten referente a la petición de la flor.

—Creo que desde aquí estamos más que bien —dice Natalia.

La flor respira de nuevo y se relame.

—Tanta visita de corrido. Qué delicia.

—¿De corrido? —pregunta Natalia sin poder controlar la emoción que se cuela en su voz.

—Sííí...el hombre de la cadena de oro y pantallas de plata. El que sabe a colonia, ron añejo y cigarrillos con mentolado. Aunque confieso que el sabor predominante es de dinero sucio y vil. Qué delicia.

—¿Qué sabes de Marco? —Natalia grita y le apunta su arma por instinto y reflejo más que porque pueda hacer cualquier tipo de diferencia frente a una flor caníbal. No sabe si algún impacto puede tener una bala hacia la flor, pero no tiene muchas otras opciones.

La movida provoca una carcajada en la flor.

—Para ese, todo es dinero. Un alma así de corrupta no aparece todos los días y me dejó su sabor en mi paladar por días.

—En tu... ¿paladar? ¿Está muerto?

—No —responde la flor tirando puchero — Me dio una probada, me robé una de él y se fue. No le gustó mi sabor y huyó gritando. No pudo con mi sabor ardiente.

—¿Ardiente? —pregunta Natalia.

La flor ríe carrasposamente y su sonrisa se extiende de sobremanera.

—Arena y escorpión —dice la flor.

Abre la boca para que su lengua larga y áspera baile como un látigo en el aire. Es como si probara la esencia de ambos sin tocarlos. Ambos observan la lengua, sin poder dejar de mirar detenidamente al escorpión que se balancea sobre ella.

Natalia baja su arma. Un pensamiento se materializa en su mente y busca en el bolsillo de sus mahones hasta pescar lo que busca. Sin mirar su mano, gira la rosca del encendedor y una pequeña llama parece dispararle a la planta.

—Hssssss —cascarea la flor —¡¡Aleja ese fuego de mí!!

—Cuando me digas dónde está Marco — contesta Natalia en un tono empapado de odio.

—Hsssssss...te comeré antes de lo que te

imaginas.

—Marco. ¿Dónde está? Mira que mi pulso no es el mejor.

Natalia hace un gesto como si se le fuera a caer el encendedor en unas ramas secas cerca de la base de la flor. La misma le mira con su cara sin ojos, asomando sus colmillos en frustración.

—Encontrarán lo que queda de él en el Bosque de los Números —contesta la flor.

Natalia toma un respiro profundo del cual pesca algo de paciencia.

—¿Cómo se llega a este Bosque de los Números?

—El camino está cerca...pero necesitarán guías.

—¿Guías? —pregunta Nico, su voz ronca de no haber hablado hace minutos.

—Sí, guías. A menos que prefieran la opción de perderse...la cual ni yo les desearía.

—Si intentas algo, te pego fuego y me aseguraré de que cada átomo de ti arda en llamas.

—No huelo mentira en ti —responde la planta —A diferencia tuya y de tu amante de dinero, no soy del tipo que busca la muerte a menos que la vaya a repartir. Sin embargo, mi palabra es más que mi bondad y la tienes que no te pondré en más peligro del que ya se han buscado.

—¿Y esos guías de los que nos hablaste? —pregunta Natalia, ahora firme en su tono.

Ahí la flor se le escapa una sonrisa que le eriza la piel a Natalia y Nico. Arquea el capullo de su cabeza antes de pegar un silbido que retumba en la caverna. No pasan dos segundos cuando la oscuridad detrás de ellos suelta un coro de golpes sobre el agua.

—Me parece que ya tuvieron el gusto de conocer a sus guías.

6. El Bosque de los Números

Cerca de la flor del río hay un túnel estrecho por donde los querubes los guían. Van en fila india. Tres de las criaturas caminan enfrente de ellos. Tres detrás.

Natalia alterna su pistola entre ambos grupos y no le pone mucha atención a Nico. Tiembla con cada paso que da. Aunque los querubes lloran, su llanto es por reflejo y obligación más que por lamento. Mientras caminan, continúan soltando lágrimas en el suelo casi creando su propio riachuelo.

Sus sollozos son rítmicos. Las lágrimas vibran en la gravilla. El olor sulfúrico es el lamento hecho aroma. Entre eso y la sangre que había perdido y sigue perdiendo, Nico muestra un semblante verdoso, con pisadas inciertas y borrachas.

—¿Todo bien, Nico? —pregunta Natalia.

—De show, mija. Mejor que si estuviéramos de camino a Disney y con esta melodía de llanto, ¿qué más puedo pedir?

—Bueno ya veo que puedes hablar de lo más bien.

Natalia mira al suelo, notando que el rastro de la sangre se intensifica. Los llantos de los querubes siguen retumbando de ambas direcciones como si estuvieran atrapados en un paréntesis.

El túnel desemboca en un área oscura y abierta. Una brisa sugiere que están al descubierto, pero habiendo estado de tinieblas en tinieblas, los ojos de Nico y Natalia tardan en hacer sentido de sus alrededores.

Hay columnas a todo su alrededor y una neblina que solo los deja verse a sí mismos y sus guías querubes. Natalia se restriega los ojos, no creyendo lo que ve. Reenfocando, en el suelo observa billetes de lotería, papeles con números de teléfono, formularios con códigos de seguridad, recibos de todo tipo y exámenes de matemáticas regados.

—¿Qué es esto? —dice Natalia.

—Números, números, números, números, números, números, números, números —dice un susurro diminuto.

Natalia mira y los ojos ciegos de uno de los querubes la miran mientras masculla la palabra una y otra vez entre llantos y sollozos.

—Esto es el Bosque de los Números —dice Nico —Mira las ramas.

Natalia torna su vista hacia los árboles y ve que los billetes y recibos caen como un otoño numérico. Cada árbol está repleto de recibos. El olor a papel viejo los rodea y el trance en el que cae solo se rompe al escuchar el crujir de papeles bajo pisadas que huyen.

No le toma a Natalia por sorpresa que Nico intente huir. Levanta su brazo donde supone hubiese un cielo y descarga un tiro. Nico cae de frente. Por un momento parece estar inmóvil. Luego se le escucha como llora en el suelo.

—Solo quiero ir a casa. Solo quiero ir a casa. Solo...quiero...casa.

Los llantos pudiesen afectar a mucha gente, pero Natalia no es mucha gente.

—Levántate. Si encontramos a Marco, te daré mucho dinero y pondremos todo esto en el pasado. Dale, que con los jodíos querubes nos basta. No necesitamos otro lloriqueo.

Nico se levanta y respira hasta lograr tranquilizarse algo. Camina hacia Natalia mientras se contemplan en silencio. Demasiado silencio. Los ojos de ambos se agrandan en alerta. Cuando buscan a los querubes, no los encuentran. Buscan cualquier señal de las criaturas, pero no hay nada. Eso sí, algo más se deja escuchar.

Algo mamando y masticando en la oscuridad. Natalia saca su celular y enciende la linterna. Los ojos ciegos y blancuzcos ruedan en éxtasis mientras los querubes chupan los papeles manchados con la sangre de Nico hasta que no queda ni una gota. Caen en silencio todas las criaturas y ni Natalia ni Nico se atreven a moverse ni una pulgada.

De repente se escucha algo peor que los querubes masticando sangre. Es el sonido de seis respiros profundos que cuestionan, que buscan, que cazan por un olor...hasta que los seis pares de ojos dicen una palabra singular y peligrosa en coro.

—Más.

Los querubes saltan y caen encima de Nico enterrando sus dientes pequeños y afilados en su pecho, sus brazos y sus piernas. Los gritos llenan el bosque y Natalia cae al suelo. Por puro instinto saca el arma y con un disparo mata a un querube con una bala en la frente. Patea a un segundo querube al que también le detona un balazo en su frente. Nico sacude otros dos querubes mientras Natalia se encarga de arrancar los restantes.

Enloquecido, Nico se lanza sobre uno de los querubes diminutos y restrella su cabeza contra un árbol. Arranca una rama que usa como bate para romperle el cráneo a otro querube y le entierra esa misma rama en la cara a otro. Nico grita como animal salvaje buscando el querube que queda antes de verlo volando de regreso a la cueva.

Rindiéndose al ver al querube huir, Nico cae de rodillas y llora como niño.

—Fucking cabrones. Me estaban comiendo vivo. Fucking cabrones. Comiéndome. A mí. Solo quiero ir a casa. No quiero más na'. Solo quiero ir a casa y darle un beso y la bendición a mi vieja. Puñeta...me comían vivo... cabrones...cabrones...cabrones.

—Nico, Nico... ¡NICO!

Natalia le da una bofetada que hace eco en el bosque.

—Vamos a salir de este *fucking* sitio. Ven acá al árbol.

Natalia lo hala a un árbol cercano y le revisa las heridas. Las mordidas no son nada bonitas, pero la única que peligra es la herida del costado. La que ella le había causado. Toma un pedazo de su camisa y lo arranca para crear un vendaje improvisado.

Buscando a su alrededor, se da cuenta que el suelo tiene una inclinación y que sigue subiendo. Ahí mismo le vibra el celular y al sacar el teléfono de su bolsillo ve que una barra de señal desaparece. Por suerte, el mensaje que sonó fue recibido y lo puede abrir.

Marco: Llámame beibi. Es de vida o muerte.

Las lágrimas queman sus ojos. Devolviendo su atención a la cuesta, se da cuenta que hay un monte frente a ellos. Al tope, algo más le llama la atención. Un pequeño hilo rojo, que parece ser un vistazo del cielo.

Mira a Nico y le levanta la cara.

—Tenemos que subir este monte. Hacemos eso y salimos vivos. Pero me tienes que ayudar o te dejo aquí.

Los ojos de Nico saltan al prospecto de que Natalia lo abandone en este bosque. Natalia está más que clara que no se necesita decir más nada. A subir el monte se ha dicho.

7. Monte Sagrado

Cada paso de la subida por el monte es la crueldad hecha movimiento. El suelo continúa cubierto con hojas de los árboles del Bosque de los Números. Ambos, Nico y Natalia, resbalan con cada paso que dan. Si no son los papeles, es un pedazo de tierra suelta, rojo de arcilla. Cada tres pasos se resbalan y pierden progreso o caen al suelo.

El cielo brilla con un rojo tenue de oxidación. Toma un sinnúmero de caídas antes de que Natalia pueda determinar que su mejor opción es caminar de un árbol a otro, anclándose en cada uno para descansar y asegurar que se mantenga progresando.

Pasan de minutos a horas en la labor porque cargar con Nico no es fácil.

—Esto está cabrón —dice Nico mientras se recuesta de otro árbol.

La herida sangra cuando le da la gana o cuando se le olvida ponerle presión. A veces se marea, aunque una buena cachetada de Natalia lo trae de vuelta a la realidad o donde sea que se encuentran ahora.

Ella saca el celular y mira que tiene una barra que va y viene. La señal no se queda y la batería está en dieciocho por ciento.

—Esta jodía señal. Espero que al tope esté mejor la cosa.

—N-n-no sé si ll-llegue al to-o-pe.

—Déjate de eso —dice Natalia.

Intentó decírselo a Nico como regaño, pero sus labios pálidos y sus ojos que no enfocan muy bien le confirman a ella que lo que él dice es más probable que mera posibilidad.

—Vamos. Par de árboles más. Ya pasamos la de mitad del monte. No vengas a rendirte ahora.

Nico cierra sus ojos y se le escapan algunas lágrimas.

—¿Cómo carajo llegué aquí a esto? ¿Y qué puñeta es este sitio? ¿Por qué Marco tuvo que venir aquí?

Le interrumpe una tos seca que lo desgarra desde adentro.

—Vamos, Nico —dice Natalia —Cállate que no te viene bien eso.

Lo toma por debajo del brazo y con un esfuerzo sobrenatural, se levantan.

Ella lo siente gimiendo. Cuando le mira la cara, el miedo quiebra dentro de ella al verlo riéndose con lágrimas en los ojos.

—¿Qué? ¿Crees que me haría daño el sereno?

El chiste tarda dos segundos en llegar...pero llega y Natalia se ríe por primera vez en meses.

—Qué mucho joden los padres con eso.

Nico se aguanta el costado, pero alza las cejas para que quede claro cuán de acuerdo está con el comentario de Natalia. Se agarra de una rama que está más bajita y funcionando como ancla, Natalia puede subir como quince pies de distancia. Repiten la maniobra y aunque Nico está bañado en sudor frío con su piel luciendo más moribunda de lo ideal, los ojos de Natalia se aferran al monte.

Natalia agarra una rama y da un jalón intenso que la deja con el palo en mano y el balance lejísimos de ella. Nico se lanza al medio del camino y la empuja con lo que le queda de fuerza hasta que la gravedad le sopla un viento de vértigo que causa que resbale y caiga como piedra suelta monte abajo.

Mientras va cayendo, siente el quiebre de un hueso o varios. A esto le acompaña el divorcio de su hombro con un dislocamiento que cruje alto y claro a través del monte. Tarda una eternidad en caer y solo da gracias que dejó de escuchar los gritos de Natalia a mitad del camino.

Rueda hasta que termina el monte y el impulso de su trayecto lo lleva hasta donde puede. No sabe cuántos huesos tiene rotos ni cuánta sangre ha perdido. La realidad es que tampoco le importa. Lo que hubiese dado por haber quedado inconsciente.

Desafortunadamente, está muy consciente. De su dolor. De la vida que vierte en el suelo del Bosque de los Números. Aunque lo peor de todo, está consciente de sus sollozos. No porque suenan como un fin patético a una vida mal vivida. Sino porque, aunque en un momento vienen de su laringe, no tardan en emanar de algún lugar a su mano izquierda acompañado por una luz azul y el ruido de algo masticando lenta y deliberadamente.

Natalia llora hasta que no le queda qué llorar. Se estruja el pelo, se araña los brazos y le da puños al árbol del cual se aguanta. De alguna manera se lo quita del sistema. Se calma. Se para. Mira hacia la cima y comienza a escalar el último tramo.

Camina con determinación, pero sin ganas. Es una expresión perfecta de la terquedad. La luz a sus alrededores sigue roja y rara pero no le importa. Ya nada importa excepto conseguir a Marco.

Llega al tope del monte y hay un árbol grande y viejo. Tiene un papel en una de las ramas más bajas. Como por instinto, a Natalia le da por arrancar la hoja.

Llámame, beibi.

Saca su celular y tiene dos barras. Busca el mensaje de Marco y marca el número. No llega a sonar ni una vez cuando se escucha un teléfono levantándose de una base. El sonido es algo que Natalia hubiese pensado que había caído en el olvido.

—Conseguirte no ha sido fácil —dice la voz de Marco.

—Pues fíjate, lo mismo digo de ti. ¿Cuándo me has tratado de llamar?

—¿No has visto los teléfonos sonando?

—¿Ese eras tú?

—¿Quién más? Claro que yo. Pero pues, terca al fin.

Natalia toma el insulto al corazón. Respira lenta y temblorosamente para no gritarle.

—¿Tienes una idea de lo que he pasado? Nico de seguro está muerto y yo he estado a punto de morirme par de veces.

—¿Nico? ¿Muerto? Qué raro. Él se ve de lo más bien. ¿Verdad Nico?

A la distancia, Natalia escucha a Nico.

—Dile que no joda más y baje pa'cá.

—Ey, ey. Ya mismo. ¿Ves Natalia? Nico y yo estamos de lo más bien. Ahora solo faltas tú.

El cuerpo entero de Natalia tiembla mientras apunta su pistola a todos lados.

—Mira, Nati. Me haces el favor y bajas la pistola.

—¿Quién carajo es? ¿Qué está pasando?

—Ey, ey, ey...calma. Que si no, te voy a tener que colgar hasta que te calmes.

—¡No te ATREVAS a engancharme so cabrón!

Marco ríe en un tono que le eriza la piel a Natalia.

—Yo no dije nada pero que *nada* de engancharte el teléfono.

Natalia sigue dando vueltas con su arma en alto, pero no ve nada. La realidad es que tampoco sabe de donde sale la soga que siente alrededor de su cuello ni quién la sujeta. Solo sabe que el jalón de la soga casi la decapita de una. Su teléfono y la pistola salen volando y ella termina sirviendo de péndulo humano con el árbol como su base.

Aunque patea y pelea, siente que la vida se le va, pero no es por el oxígeno que le falta. Es porque el sonido de todos sus gemidos no se le escapan...se los llevan.

Cada tos, cada atragantamiento ya no provienen de ella, sino de abajo en el monte. De roja, la luz cambia a un azul frío e indiferente. Mira al horizonte y ve un caracol blanco en el cielo en vez de una luna.

El caracol gira lentamente mientras la gravedad mece a Natalia como una criatura de la muerte. Mientras es ahorcada, sus ojos observan todos sus alrededores hasta que se detienen a los pies del árbol. Ahí ve el mismo cuarto de la recepción del hotel. Las mismas tres sillas. Las dos mesitas. El teléfono sobre la mesa. Cuando ve la pintura, ya la garita no lleva limo. Está limpia e inmaculada. Además, su entrada ya no es oscura, sino que brilla con una luz tenue que alumbra el cuarto.

Volviendo a mirar las sillas, nota que dos están ocupadas por Nico y Marco. Ambos le sonríen levantando copas llenas de un líquido ocre brillante en son de brindar. Sus sonrisas son macabras y la cabeza de cada uno la miran, aunque no hay rastro alguno de sus ojos.

Mientras lo último de la vida se le escapa, Natalia siente como el sonido de su respiración deja de emanar de su cuerpo. En vez viene de abajo del cuarto. Sus ojos van apagándose, lentamente llevándosela de la conciencia. De repente, el sonido de copas chocando y brindando suena a su inmediata derecha.

Cuando gira su cabeza, nota que la soga ya no la oprime. En su lugar hay una calma fría que la arropa de pies a cabeza.

No tiene reacción alguna cuando conecta con las miradas sin ojos de Nico y Marco. Se percata que ambos la siguen esperando para brindar. Ella levanta su brazo y descubre una copa en su mano. Aún sin ojos, Natalia la contempla detenidamente. No sabe cuánto tiempo la mira. Solo sabe que la deja de observar cuando un ruido llama su atención: el pequeño susurro de pies temblando contra el tronco del árbol. Al momento que dejan de moverse, brinda por su muerte.

El Agua Sangre

Hay síntomas que indican cuando la muerte se avecina: el color de la piel, los latidos, la respiración entrecortada, cuando desaparece el apetito y en algunos casos, hasta alucinaciones.

Vicente de la Fosa ha vivido una vida excepcional. Aunque el éxito le ha encontrado de un sinnúmero de maneras, siempre ha dicho que su fortuna vino a base de mucho esfuerzo y sacrificios. Lleva finalizando su testamento porque, aunque esté consciente, le dice a quien quiera escucharle que la muerte viene por él.

Los doctores indican que comentarios como este se deben a los varios padecimientos que le hacen compañía: el insomnio, fatiga crónica y una sensación que lo obliga a carraspear o toser continuamente, entre otros.

—Es como tragar arena y que se quedara en tu garganta.

Así lo describe Vicente y no hay líquido, comida o medicamento que le quite esa sensación. Siendo paciente terminal, hay muchas posibilidades. De hecho, su tratamiento se cataloga como paliativo. No hay cura, solo se busca algo de calidad de vida antes de lo inevitable.

—Por las noches se le escucha hablando —le dice una enfermera a un joven de pelo negro, tez café claro y cara limpia de vello.

La mirada del muchacho tiene preocupación de sobra, por su tío abuelo y posiblemente por ella.

—¿Qué dice? —le pregunta a la enfermera.

Con ojeras de al menos medio kilo cada una y una mirada perdida en la nada, le dice.

—El agua sangre me ahoga. No puedo respirar por el agua sangre. La arena me sofoca. Eso es el agua sangre. El agua sangre. Sálvame del agua sangre.

El joven traga grueso y le responde.

—Siempre nos llevamos bien, pero nunca

hubiese pensado que pidiera tan insistentemente por mí, especialmente en sus últimos momentos. Ya firmé el registro, dama. Fácil el nombre porque somos tocayos.

Lo último lo dice con una sonrisa genuina, pero la cara de la enfermera lo mira como si fuese la primera vez que registrara su cara. Ni le devuelve la sonrisa ni se digna de parpadear.

—También se parecen —dice seca y seria— Habitación 409. Cuarta puerta a la derecha.

—Gracias —dice el Vicente joven— Trate de descansar.

Con la mirada perdida hacia una esquina, la enfermera no le responde y se va caminando por otro pasillo con paso sonámbulo. Antes de que Vicente pueda decirle nada, se abre la puerta del 409 y ve salir un doctor con cara grave. Cuando mira a Vicente, sube una ceja.

—Déjeme adivinar, Vicente.

Por su parte, el joven no sabe cómo reaccionar a la expresión del doctor y se siente culpable de algo sin saber qué. Solo asiente con la cabeza y murmulla un *sí* a medias.

—Se parecen mucho —dice el doctor, aunque no necesariamente con tono halagador.

—Me lo dicen a cada rato.

—Está muy malo...su abuelo.

—Tío abuelo —le corrige Vicente.

—Vale...tío abuelo. Rehúsa que le visite un cura insistiendo que tiene que verlo a usted primero. Déjeme no quitarle más tiempo. Si le puedo ayudar con algo, me deja saber. Si no, el enfermero asignado le ayudará.

—Gracias, doctor —responde Vicente sin poder decir mucho más para despedirse. Antes de abrir la puerta de la habitación, toma un buen respiro, lo aguanta en su diafragma, vira la manija de la puerta y entra.

La habitación está oscura y helada, aunque el frío no es como nada que Vicente haya sentido en su vida. Hay una cortina a medio andar y con cada paso que da, ve más de la cama y quien la ocupa. El anciano luce frágil, congelado del miedo y su garganta emite un sonido desgarrador que le hace temblar la espina al joven.

—Hola, tío —dice suavemente.

Al oír la voz, la vista del señor gatea por la pared lentamente hasta coincidir con la de su sobrino nieto.

—¿Vicente?

—Sí, tío. Me dijeron que pediste por mí y me habías enviado llaves de tu casa.

La mirada del viejo es una mezcla de terror y alivio, alegría y miedo, victoria y arrepentimiento... Su voz al hablar solo refuerza ese entremedio de sentimientos y sensaciones.

—Qué bueno que...que estás aquí.

Carraspea fuertemente y el *ajjjk* que retumba desde su laringe suena como si la muerte estuviese de camino.

—Qué...qué bueno...Necesito que vayas a la casa. ¡Ajjjk!

—¿Por qué, tío? ¿Qué necesitas?

—Necesito algo de la cava. No queda mucho tiempo. ¡Ajjjk! ¡Ajjjjkkkjk! Tienes que ir a la cava...en el sótano.

—Ok, tío. Voy mañana tempranito.

—¡Noooo! —grita el señor con una fuerza que hace que Vicente brinque hacia atrás.

—A...hora. ¡A-ajjjk! ¡Ahora!

El viejo se agarra el pecho con una mano y se aferra a la baranda con la otra. Carraspea violentamente mientras pesca bocanadas. El joven Vicente lo tranquiliza como puede.

—Dale, tío. Voy justo cuando salga. Pero trata de calmarte. Toma un poco de agua.

—¡Nada me lo quita! —grita el viejo desesperadamente.

—Es el agua sangre. Busca en la cava. Cuarta fila, cuarta botella del piso al techo.

Le entra un ataque de tos horrible al viejo y Vicente sale al pasillo a pedir ayuda. Viene corriendo un enfermero, inspecciona al anciano y le administra un medicamento por inyección. Tarda poco en caer bajo la influencia del sedante.

—Ahí está más tranquilo. Probablemente duerma un rato. Puede aprovechar y tomarse un café abajo en la cafetería.

Vicente mira a su tío abuelo y luego al enfermero.

—El café parece buena idea, pero me pidió algo y quiero complacerlo, aunque sea una última vez. Si no le molesta, le dejo una tarjeta con mi teléfono. Cualquier cosa que pase, me llama o envía un mensaje de texto.

—Estaré pendiente. Le envío un mensaje ahora para que también tenga mi información.

* * * *

El carro pudiese ir más rápido. Vicente lo sabe. También sabe que un accidente en la ruta de camino a casa de su tío abuelo no es una opción. Piensa en la mansión y se ríe de que su tío abuelo le diga casa. Con ese tamaño y su localización remota, recluida y privada, la palabra *casa* no parece apropiada.

Desde el comienzo de la propiedad hasta la

estructura son seis minutos. Se sube paulatinamente por una larga cuesta hasta llegar a una última curva que devela dramáticamente la casa. La noche está oscura e imponente, pero con tres pisos y miles de pies cuadrados por cuerpo, hasta la sombra de la estructura exige atención.

Estaciona frente a la mansión y afuera siente el aire pesado. Nota una carga en el aire como cuando quiere llover con relámpagos...pero el cielo luce despejado. La luna le mira con su ojo entreabierto.

Sin mucha luz natural o de algún foco que le diera la bienvenida, el exterior luce siniestro...el silencio calculador. Por tan poca iluminación, Vicente se ve obligado a usar su teléfono de linterna.

Al entrar en la mansión, el silencio total le asalta sus sentidos.

—Lo que uno hace por la familia —dice con un suspiro y saca las llaves de su bolsillo. Las mira y recuerda cuando las recibió hace dos semanas por mensajero.

No sabía para qué eran hasta que el viejo le ordenó ir a la casa. Entra y aunque esperaba peste a humedad, se encuentra que la casa está limpia y que el aire no tiene olor a guardado.

Ronda una vejez sonámbula en el ambiente. La casa está hecha de madera que ha vivido y escuchado por más de un siglo. Mira desde la entrada y ve todas las puertas cerradas. Todo yace inmaculado, como si estuvieran dándole mantenimiento constante...y ya iba un mes entero del tío Vicente en el hospital.

Algunas voces de la memoria llaman del segundo piso, de la biblioteca y de la cocina. No le hace caso a ninguna. Vicente solo escucha la voz de sus vísceras gritándole una sola palabra.

AVANZA.

Vicente va directo a la puerta al lado de la cocina. No espera por ningún olor ni recuerdo que lo hale a otra parte de la casa. En vez abre la puerta que buscaba y baja las escaleras paso a paso. Quiere ir más rápido pero no puede. El aire lo oprime y la sensación de afuera de la casa es mera cosquilla en comparación a la opresión que ataca a todos sus sentidos.

Un sudor frío traza un camino de su nuca a su espalda baja. Intenta controlar su respiración y se enfoca en localizar el interruptor en la pared de la derecha. Lo enciende y el halo de dos bombillas solitarias brindan suficiente luz para ver lo que hay en el piso y sus alrededores.

A un lado hay una caldera antigua de carbón y madera. Sentada en la oscuridad, poco le falta a la caldera para susurrar y gruñir como si tuviese hambre. La mira de reojo y decide que es momento que coma. Toma cuatro cantos de madera y los pone dentro de la caldera. Luego la prende como si fuese parte de su rutina diaria, aunque nunca había prendido una caldera en su vida.

Entregando la madera al fuego como obsequio, mira como el juego de luz y sombras de las llamas le suman algo al sótano. Mirando a sus alrededores, encuentra la cava del sótano y cuenta siete filas. Al ser siete, no importa de dónde cuente, siempre sería la fila del medio la que le había indicado el anciano. La cuarta fila. Aunque estaba enfocado, no podía dejar de leer las etiquetas y sus años.

1997

1990

1962

1984

1980

1948

Una variedad increíble en donde ningún vino tenía menos de veinte años. Cuando mira la cuarta fila y el cuarto espacio del piso al techo, ve que el espacio correspondiente está ausente. Cuenta una y otra vez y cae en el mismo lugar. Un espacio sin botella. Vicente saca su móvil y le escribe al enfermero.

Saludos. Es Vicente, el sobrino nieto de Don Vicente... ¿puedo llamarle para hablar con mi tío abuelo?

No pasan ni diez segundos y suena su celular. Cuando contesta, escucha un estruendo en el fondo.

—¡Ajjjkk! Dile...Dile...¡¡que busque!! ¡Ajjjkk!

—¿Todo bien allá? —pregunta Vicente al escuchar la tos de su tío abuelo entre gritos.

—Sí, Vicente —dice el enfermero a la vez que toma un buen respiro. Se nota que no ha estado fácil la cosa con el anciano.

—Su tío abuelo despertó repentinamente gritando algo de agua sangre. Entre tos y tos, me dijo que buscaras en el espacio. Que está más adentro. ¿Sabes a qué se refiere?

—¡Ajjjkkk!

El sonido de la tos de su tío abuelo lo desgarra, pero no cambia el hecho de que no hay una botella en el lugar que le indicó.

—¡¡Ajjk!! ¡¡Ajjjjjkkkk!! Dile…¡Ajjjk! Que busque adentro. No es una botella…¡¡ajjjkk!!

—Te llamo ya mismo —dice el Vicente joven.

Engancha el teléfono antes de que tenga que escuchar otro ataque de tos. Volviendo a la cava, enciende su móvil nuevamente y mira hacia adentro. En vez de la pared, algo redondo le brilla desde el fondo del espacio. Su ceño no puede fruncir más y adentra su mano en el agujero negro hasta que toca algo que no esperaba. Una perilla. Por instinto la toma en su mano y la vira hasta escuchar un clic.

Por un momento la cava parece venirle encima hasta que gira y revela ser una puerta secreta. El espacio detrás suspira un miasma de muerte que acepta aire fresco por primera vez en lo que parecen ser siglos.

El sabor amargo y ligeramente putrefacto del ambiente le hace compañía a unas escaleras que bajan en espiral. Vicente asoma la cabeza con la linterna de su móvil encendida. Las escaleras bajan bastante.

Aunque parte de él quiere llamar a su tío abuelo para saber qué rayos estaba pasando, más de su ser le insiste bajar las escaleras para ver qué secretos hay detrás de la cava.

Vicente pierde la cuenta de sus pasos después de superar los doscientos. Por suerte sigue ligeramente consciente del tiempo.

Pasan al menos dos minutos adicionales hasta llegar al fondo de las escaleras en donde se encuentra con cuatro puertas. No hay ruido que no venga del baile de su eco rebotando contra las paredes.

Mirando cada una de las puertas, nota que tres están perfectamente selladas...excepto una cuarta que parece mirarle entreabierta. Dando un paso tenebroso tras otro, Vicente llega a la puerta y la abre.

Sus ojos no entienden lo que ven. Su nariz no entiende lo que huele. Sus oídos solo entienden parcialmente la respiración y ronroneo tectónico que le hacen temblar la médula. Su piel se convierte en puro erizo.

Solo el sabor de sangre le ancla a la realidad, producto de la mordida que se ha dado para no soltar un grito.

—Vi..cen..te... —dice una voz que hace temblar la realidad.

—Has vuelto para pagar...tu deuda. Muy bien.

—¿Q...quién eres? —dice Vicente el joven alumbrando con la linterna de su móvil —¿Qué quieres?

Una oscuridad ilógica ondula lentamente como nata color carbón.

—Quiero saldar deudas...sabes bien quién soy. Sabes bien lo que debes.

Solo tarda un momento en que el golpe de la realización le dé a Vicente.

—Mi tío abuelo... ¡Es a él quien buscas!

—Busco...a...Vicente...de la Fosa. ¿Ese... es...tu nombre?

—Sí, es mi nombre. Pero creo que hablas de mi tío abuelo.

—No sé de qué hablas. No conozco esa

palabra. Solo sé que se me debe.

El joven hace rato había caído en el desespero, pero no puede moverse de donde está parado.

—Hace años probablemente vino. Ese es quien buscas.

—Busco a Vicente de la Fosa o quien pague mi deuda. Un siglo es un parpadeo para mí, pero conozco esa voz y esa cara…aún sin pelos la conozco…eres tú y te toca pagar lo que me debes.

La respiración de Vicente pierde todo semblante de control y él siente como si su boca se llenara de arena fría y amarga que se aferra a la parte de atrás de su garganta. No sabe cómo, pero consigue que unas palabras salgan de su boca.

—¿Qué eres? ¿El demonio?

Lo que surge de la masa tenebrosa es un facsímil irrazonable de una risa.

—Al demonio lo creé y crié cuando me aburrí de ustedes. Ahora, hablemos de mi deuda. Abre la boca.

* * * *

En el hospital, el Vicente anciano gime, toce y carraspea violentamente. El enfermero llevaba rato intentando calmar al viejo. El desespero está por dominar al enfermero cuando el viejo da un brinco en la cama, cayendo de lado, arropado por un silencio sepulcral.

Su cuerpo mira la pared y el enfermero solo puede verle la espalda...que no se mueve. Pasan momentos dilatados hasta que Vicente se gira un poco y el enfermero puede percibir el pecho del viejo subiendo y bajando, respirando normal. Los ojos del anciano lenta pero seguramente registran el espacio hasta que conecta su mirada con la del enfermero.

—Se fue el agua sangre —dice con voz clara y sin esfuerzo.

—Bebió del agua sangre y ya no la tengo por dentro.

El enfermero lo mira estupefacto.

—¿Está bien, Don Vicente?

El anciano no le contesta y en vez mira al suelo como si se le hubiese caído un pensamiento que por suerte pudo recoger. Ahí es cuando se vira para hablarle al enfermero.

—Si uno se confiesa y se arrepiente genuinamente... ¿lo perdonan?

El enfermero no sabe de dónde vino la pregunta. Contesta lo primero que le viene a la mente.

—S...sí...creo que así es que funciona.

Una sombra parece envolver al anciano. Con ojos calculadores, habla con tono claro y respiración tranquila.

—Pues búsqueme un cura...que nos vamos a enterar.

Le Lo Lai

Tengo tanta hambre y todo está oscuro. Despertar con hambre es lo peor. A mis alrededores no siento nada. Pero algo me ha despertado. Lo tengo por seguro porque, aunque llevo con hambre semanas, eso no es algo que me despertaría.

Escucho los gritos de un niño a la distancia seguido por el sonido de algo rompiéndose. Aunque no puedo ver, sí puedo escuchar muy bien. Dentro de todo ese estruendo, se escucha algo melódico que también se rompe.

Me recuerda al año pasado cuando me dieron de comer al jovencito con ese instrumento de cuerdas. ¿Como fue que el señor le llamó al instrumento? Cuatro. Sí. Cuatro.

También recuerdo la ceremonia dirigida por ese mismo señor. Creo que le llamaban algo de sopa. No. No sopa. Caldo. ¿Al caldo? No. Algo como eso, pero diferente. Qué difícil se me hace pensar cuando tengo tanta hambre. ¡Ah! Alcalde. Esa es la palabra.

Más ruidos me traen de vuelta al momento. Siento una luz que me alumbra. Si mal no recuerdo, hay una casa al tope de la cuesta. Cuando pongo mi atención, siento algo crujir de esa dirección. Algo hecho de vidrio.

Pienso en el sonido y lo que he escuchado antes. No fue una botella. Aunque pienso en la palabra, es difícil concentrarme. Es que esta hambre. ¡Ventana! Esa es la palabra que busco. Sí. Sonó a eso. Lo sé porque recuerdo cuando pasó el huracán. Cómo sonaron todas las ventanas que quebraron de las casas que me rodean.

Voces gritan a la distancia, seguidas por un diluvio de pasos. Son docenas de pies pisando. Pisadas pesadas. Pisadas de adultos. Pisadas que andan buscando.

—¡Lelo lelo lai! —escucho a la distancia.

No es la primera vez que escucho esa frase. Aunque ese cantar sirve de señal, también lo recuerdo de una canción en algún rincón de mi memoria.

—¡Lelo lelo lai! —responden del otro lado de la casa.

Siento tensión en toda mi cara al escuchar y sentir los llamados y los pisotones. Quiero moverme, pero no puedo. Nunca ha sido opción para mí y ahora menos. Además, esta hambre maldita exige que le preste atención. También me exige paciencia. Me quedo arropado por las sombras sin moverme, aunque pendiente de todos los movimientos a mi alrededor.

Está completamente oscuro, lo que me lleva a pensar que hay luna nueva. Igual que todas las otras veces que me han despertado. No importa. Hace tiempo hice las paces con esta vida a oscuras.

El dolor por hambre me asalta nuevamente. ¿Cuándo fue la última vez que comí? No tengo idea y posiblemente es mejor, porque saber solo pondría más énfasis en el hambre. Tanta hambre. Tanto deseo de dormir en paz y sin este dolor.

¿Quién sabe? A lo mejor esta noche me regale un sueñito. Aunque por ahora, lo único que tengo cerca son gritos a mi alrededor.

—¡Lelo lelo lai! —a mi derecha.

—¡Lelo lelo lai! —a mi izquierda.

—¡Lelo lelo lai! —a lo lejos.

—¡Lelo lelo lai! —mucho más cerca.

Los pasos y las voces andan buscando algo. Dudo que sea yo porque nunca comienzan conmigo. Además, soy fácil de encontrar. Llevo tanto tiempo aquí que ya sé que cuando vienen hacia donde estoy, es por accidente o con toda intención. No me importa. Aquí estoy seguro y firme. Aunque me asalte el hambre, esto se siente como casa y estoy muy convencido que eventualmente conseguiré algo para comer. O me lo traerán directamente...

Me da por prestar atención entre los gritos de *lelo lelo lai*. De repente se me para el alma. Entre todo ese bullicio percibo una respiración quebrada y luchando por controlarse. Son llantos castrados, un desespero ahorcado por el deseo de sobrevivencia.

Pongo toda mi atención, entre esos respiros también percibo un goteo ínfimo en la oscuridad. Me doy cuenta que es un sangrado de una herida. La mano que sangra es joven. Lo sé por el olor. Ocho o nueve años. Posiblemente diez, pero no más de eso.

Estoy muy familiarizado con los humanos de ese tamaño y esas edades. Así son los que me traen siempre. No me quejo. Es carne tierna con mucho sabor. Toda una vida por delante que termino consumiendo, porque esa es mi naturaleza, mi propósito.

Escucho unos movimientos de tela y si tuviese que adivinar, diría que el nene ha parado su sangrado con algún otro material. Pienso en todos los niños que han venido antes. Recuerdo que uno tenía una bufanda que casi me atraganta.

Me imagino al joven de ahora claramente,

su cara una obra de arte viviente capturando la esencia de la frustración y el miedo. Aún a esta distancia, siento su dolor cuando hala algo de su herida.

El momento que escucho algo pequeño caer al suelo, determino que deber ser una astilla. Sonrío cuando recuerdo el momento que conocí esa palabra. Uno de los muchos adultos que han venido para las ceremonias había tocado una rama cuando chilló.

Recuerdo su voz claramente: *Sea la madre de esta astilla.* También recuerdo perfectamente su sabor y que ese año comí doble ración. Pensaban que si no comía carne joven, me las iba a cobrar.

Por años se lleva susurrando sobre aquellos muchachitos que cantan en las Navidades y luego nadie sabe de ellos. Ese otro hombre es otra historia, porque nadie lo echó de menos. Pero los muchachos, sí. Decían que los desaparecen aquí. Que los traen a esa casa y que de ahí no se vuelven a ver. Son muchas las personas que han recorrido cerca de mí, buscando, pero sin encontrar nada. Nunca he sido de dejar rastros y sé cuándo tengo que cerrar la boca para que no me encuentren.

Aún con mi hambre, recuerdo cada niño que ha desaparecido. No puedo decir que supe sus nombres, pero sí sé qué les pasó y siempre empieza con ese cantar.

—¡Lelo lelo lai! —a mi derecha.

—¡Lelo lelo lai! —a mi izquierda.

—¡Lelo lelo lai! —mucho más cerca.

En el silencio siento el respiro del niño de hoy. Está más cerca de mí y siento como si le hacen una emboscada. Pero ese no es el caso. Lo único que ellos quieren es acercármelo más.

Hay unas ramas no muy lejos de mí y juro que siento los pasos del niño sobre las raíces. Más que eso, lo siento a él. Tan cerca de mí y yo con esta hambre montañosa. Así de grande se siente. Así de grande se ha sentido cada vez porque así es como me siento yo.

El niño está pegado a un árbol. Debe estar

bien escondido en la oscuridad. Desafortunadamente para él, los hombres parecen tener un sexto sentido. Los pasos suenan fuertes. Quien diga que no quieren cuidar el ruido que hacen, es porque conocen esta rutina y saben que estoy aquí para hacer mi trabajo.

—¡Lelo lelo lai! —a la izquierda.

—¡Lelo lelo lai! —a la derecha.

—¡Lelo lelo lai! —cerca del niño.

—¡Lelo lelo lai! —cerca de mí.

Siento cuando el niño mira hacia mi dirección. Aún cubierto en tierra, sudor y sangre, estoy seguro de que es bello. Sin pensarlo dos veces, camina hacia mí y los llamados se repiten ahora más fuerte y corridos.

—¡Lelo lelo lai!

—¡Lelo lelo lai!

—¡Lelo lelo lai!

—¡Lelo lelo lai!

El niño brinca de una sombra a la mía y se

esconde. Su respiración primero la tengo encima y luego dentro de mi boca. Él ni cuenta se da. Pienso en todos los niños que he desparecido. Recuerdo a cada uno. Su sabor. Su olor. Su esencia. Mi instinto se va preparando porque en este momento, ya dejo de estar en control.

El hambre manda.

Yo solo obedezco.

Cuando gotas de sudor caen en mi boca, mi esencia arde con deseo. Al momento que una gota de su sangre cae dentro de mí, cualquier control que podría haber tenido lo pierdo. Cierro mi boca y mastico su pequeño cuerpo, su delicioso cuerpo.

Mi hambre exige que mastique, que triture, que devore como la caverna que soy. El hambre dicta y es momento de beber y tragar. Sus gritos hacen eco en mi boca y cuando lo voy tragando, me lo saboreo entero.

Siento paz en este mundo y siento cuando uno de los hombres se acerca. Saca una de esas cajas que escupen estática y voces, pero le pongo el mínimo de atención. Estoy muy ocupado comiendo y disfrutando.

—Confirmando que el monte ya se está tranquilizando —dice el hombre con temor y asco en su voz.

Estática desgarra el silencio del monte.

—¿Se lo comió todo? —pregunta una voz que reconozco.

El hombre con la caja lucha por no vomitar en frente de mí.

—La cueva está en eso, señor alcalde.

—Un año más de paz. Demos gracias por eso y por todas las bendiciones que nos llegan con nuestros sacrificios. Lelo lelo lai.

El hombre que sigue en frente de mí quiere llorar mientras mira mi boca y como mastico aquel pequeño cuerpo inocente.

—Lelo lelo lai —dice y no necesito ojos para saber que no parpadea.

Escucho un último crujido de estática.

—Lelo lelo lai —dice el alcalde con un tono

de voz de puro alivio sin remordimiento.

Trago con toda la satisfacción al saciar mi hambre. Al fin, puedo volver a dormir.

Buen Diente

Un cambio de receta o que se la haga a un menú puede salvar un negocio. Esta verdad la saben muchísimos restaurantes y a veces necesitas una mano amiga que sepa indicarte exactamente qué tienes que ajustar.

Alguna gente te sabe hablar de cómo decorar un local. Otros te consiguen los contactos para los mejores suplidores para verduras, especias, carnes e ingredientes frescos. Hay gente experta en desarrollar un menú que funcione a favor del negocio y mil otras cosas. Ahora, si hay algo mal en la cocina, llamas a Ramón Buendiente.

El "Gurú de la Sazón" se ganó su título por los resultados que ha obtenido. Ya va por veinte restaurantes que dicen que su éxito es gracias a los ajustes de Buendiente. Negocios a punto de la quiebra que ahora tienen que expandir a locales más grandes.

Para Buendiente, el proceso cambia de local en local. Aunque puede darte una opinión de las facilidades o hasta del diseño del menú, donde el Gurú brilla es cuando hay algo mal tras bastidores.

Solo un restaurante había vuelto a tener aprietos después de su visita y aunque cobra bien, dos cosas son ciertas de Ramón Buendiente:

1. Es un hombre de su palabra y se hace responsable de cualquier error que haya cometido.

2. No le gusta fracasar, porque es malo para su carrera.

El Restaurante *A TU GUSTO* tenía un local bastante bonito, pero hace un año, había tenido problemas por malas reseñas. Intentaron hacer cambios y ajustes, pero nada funcionaba.

Ahí llamaron a Ramón Buendiente como último recurso, un hecho que siempre le daba gracia y siempre decía algo como: *Si me hubieses llamado antes, ya hubieses recuperado y duplicado lo que has perdido.*

Cabe aclarar que esto no era arrogancia, era tener confianza en sus habilidades. Pedía que le prepararan el menú completo. Veía cómo sazonaban, cocinaban e insistía que todo el equipo de la cocina estuviese presente.

—Aquí adentro es como una orquesta. Si uno falla, todos fallan. Por suerte, si uno falla, otro le puede dar la mano y así es que se gana.

Tenía varios trucos bajo la manga, aunque nunca hacía un intento de disfrazarlo. Luego de probar el menú diseñaba dos salsas especiales exclusivas a cada local para complementar el menú. Daba de probar la salsa a todo el mundo y les explicaba que si era dulce, salado, agrio, amargo o picante, era para complementar los platos que hacen. Siempre decía que la magia de una buena salsa podría casi arreglar hasta la peor ejecución de un plato.

Pero esto era paso uno. Mientras le cocinaban cada plato, tomaba apuntes y notas de absolutamente todo. Tiempo de cocción, temperatura, marinados y en especial, las especias que tienen disponibles en la cocina.

—Quien sabe cocinar, sabe comer, mi gente. Prueben lo que cocinen y me refiero a *cada* plato. Plato que no se prueba, plato que no se sirve. Cero excepciones. ¿Entendido?

Era medio militar así, pero hasta que todo el mundo dijera *entendido,* no continuaba. Sus ajustes a veces eran mínimos. Otras veces eran sumamente extensos. Lo que era consistente es que siempre dejaba copia impresa de las recetas revisadas con las medidas exactas de las especias a usarse por plato y porción.

—Eso de tazas y cucharaditas, *no era.* Ustedes me medirán todo lo que sirven en gramos, punto y se acabó. Si tienen alguna duda de por qué es así, pues que no haya duda. Necesito tres personas que me sirvan una cucharadita de sal.

En ese momento, seguían sus instrucciones y cuando luego medían la cucharadita, todo el mundo podía observar que había variaciones infinitésimas entre una cucharadita y la otra.

—Esto hace toda la diferencia entre que algo salga perfecto cada vez o que te quede soso o salado. El sabor está en la sazón y la delicia está en la precisión.

Son las nueve y media de la noche y ya están terminando de servirle a los últimos clientes cuando llega Ramón Buendiente.

Siempre decía: *Eso de venir cuando no se ha cocinado un plato no va conmigo. Si estás teniendo problemas, quiero ver el problema en acción, no que me lo cuentes.*

Así que siempre trabajaba de noche. Luego de entrar y decir buenas noches a los clientes del restaurante, que le devuelven el saludo, va a la cocina en donde está el chef, el sous chef, los cocineros de línea y el dueño.

Se para frente al equipo de la cocina. Cierra los ojos y respira profundamente sin decir una palabra. Abre los ojos, toma dos respiros adicionales y es como si entrara en un estado meditativo antes de hablar.

—Buenas noches, compañeros. ¿Cómo les puedo ayudar?

El primero en hablar es el dueño.

—Han devuelto seis platos en la última hora.

Ramón Buendiente es fanático de la brevedad, pero no de la falta de modales.

—Buenas noches, Ricardo —Pone *mucho* énfasis en las primeras dos palabras —¿Los platos que devolvieron fueron de todo el menú o solo algunos particulares?

El señor mayor carraspea y respira antes de contestar.

—Buenas noches, señor Buendiente. Solo fueron dos. La carne mechada y el cabrito en fricasé.

—Dos platos con guiso. ¿Me das a probarlos?

El chef y el sous chef se miran y con un gesto, el sous chef le busca un plato de cada uno y se lo pone en frente al Gurú.

Buendiente primero mira la carne mechada. Toma la carne. La deshilacha. La mira contra la luz. La huele. Cierra los ojos y la prueba. Saborea el mordisco detenidamente y lo traga.

Da una mirada al chef que pudiese quemar sus ojos. Toma un bocado del fricasé y repite el proceso. Pero a diferencia del primer plato, luego de la inspección visual, mira al chef directamente a los ojos cuando lo muerde. El chef mantiene su temple y aunque los músculos de su cara no lo delatan, sus poros demuestran que no está ni mitad de lo tranquilo que proyecta.

—Me parece que hay mucha gente en la cocina. Todos los cocineros de línea pueden irse. Mis felicidades porque de lo que vi de los otros platos afuera en el restaurante, todo está en orden. Esto es un pequeño tropiezo con dos recetas y lo vamos a arreglar.

Salen los 6 cocineros y todos le hacen un pequeño saludo casi como si Buendiente fuese su coronel. El Gurú mira los platos de nuevo y se vira al dueño.

—Ricardo, aunque sabes que prefiero que todos estén presentes, esto es un asunto entre cocineros. Necesito entender cómo garantizarte no solo de que esto no vuelva a pasar, sino de que las próximas dos semanas puedas recuperar lo que has perdido en materiales. Si luego de lo que ajustemos hoy 15 de julio no lo recuperas para fin de mes, te devuelvo mi comisión de este trabajo y el primero. Ahora, si das los números que tengo en mente, y sobrepasas los quince mil en ventas, tendré que cobrarte 15% en vez de 10% por evitarte una crisis. ¿Estás de acuerdo con estos términos?

—Me parece justo, señor Buendiente.

—Para hacer esto preciso, y sabes cómo me gusta la precisión, necesitaré que me vayas consiguiendo los números que tengan que ver con ingredientes comprados, platos devueltos y reseñas negativas. Prometo que le vamos a dar a esto con todo.

—Voy directo a empezar con eso y te tengo los números mañana mismo.

—Excelente. Nosotros trabajamos desde ya.

Sin otra palabra, Ricardo le da la mano al Gurú, mira al chef sin saber qué pensar y sale de la cocina dirigiéndose a la caja registradora que está a la mitad del restaurante.

Mientras camina, Ramón Buendiente lo sigue con la mirada. Cuando está satisfecho que tienen algo de privacidad, vuelve a enfrentar al chef y el sous chef.

—Ustedes son primos, ¿verdad?

—Sí, señor Buendiente —contesta el sous chef.

—Eso es bueno. Entre la familia hay confianza. Quiero que me traten como familia y me hablen claro. Si me hablan claro, podemos resolver esto rápido y todos salimos ganando. ¿Están de acuerdo?

—Claro, señor Buendiente —dice el sous chef.

El chef no contesta y el Gurú lo mira directamente a los ojos.

—¿Estamos de acuerdo?

El énfasis en la segunda sílaba de cada palabra es como un dedo al pecho del chef sin tocarlo.

—De acuerdo, señor Buendiente.

—Excelente, chef. Ahora, si tuvieses la bondad. Me puedes decir, ¿qué he probado? O, mejor dicho, ¿quiénes?

Las pupilas del chef podrían haber explotado en ese momento y no le hubiese tomado por sorpresa a Ramón Buendiente.

—¿De qué tú hablas? —dice el chef.

Buendiente no necesita escuchar el temblor en el timbre de voz para saber que lo que acaba de decir es la verdad.

—Me puedes decir la mentira que quieras, pero mi nombre es perfecto para mí ya que como de todo excepto la mierda. Sé muy bien lo que estoy comiendo. ¿Cuántas libras de carne tienes del susodicho “cabro” y cuántas libras del señor “carne mechada”? Un más o menos me funciona y puedo hacer una excepción a la precisión.

—Co-como ciento-setenta libras —contesta el chef sudando frío.

—¿De cuál? —pregunta Buendiente.

—De la carne mechada.

Mientras el chef intenta descifrar qué estaba pasando, Buendiente procede con sus matemáticas mentales.

—Le quitas los huesos y órganos y te quedan como ciento-veinte libras, mal tazado.

El Gurú de la Sazón mira al chef con ojos calculadores.

—¿Tienes otros platos que van a venir al menú? Sé que el otro plato es otra carne y pues, cada carne requiere su sazón.

—Tengo dos otros platos en mente —dice el chef habiendo perdido la habilidad de parpadear.

—Vale. Vamos por parte. Tráeme un pedazo de la primera carne cruda.

El chef tiembla y titubea. Aparte del sudor, la palidez que tiñe su piel hace que luzca casi tan muerto como los ingredientes principales de sus platos.

—¿Para qué? —dice en casi un susurro.

Los ojos de Buendiente se entrecierran y toma un aspecto de animal cazador.

—¿Les he preguntado lo que no me importa?

Ambos chefs tiemblan, pero sus voces le fallan y solo pueden decir no con la cabeza.

—Exacto. Ahora, por favor tráeme un pedazo de la primera carne. Con media onza me basta.

El chef se dirige al congelador con cuchillo en mano. Pasa las carnes típicas y se dirige a un refrigerador de piso que está cerrado con cadena y candado. Saca una llave de un collar que lleva puesto y abre el refrigerador. Se dobla dentro del refrigerador y se ve que hace un esfuerzo hasta que se levanta con un pequeño canto de carne que aguanta en su mano. Le da trabajo, pero rompe el trance.

Cuando vuelve, sus ojos están perdidos en la nada. Buendiente tranquilamente toma la carne de sus manos como si fuese lo más natural del mundo. Se dirige a la estufa, saca un sartén limpio, lo pone encima y prendiéndolo en fuego mediano, le echa un poco de aceite de oliva al sartén. Mientras calienta el sartén, somete al pedazo de carne al mismo escrutinio que los platos. Luego lo pica en dos cantos.

Cuando el sartén está lo suficiente caliente tira una mitad de la carne y la cocina brevemente, un *vira y vira* como le dicen. Toma la carne cocida, la inspecciona de nuevo, la huele profundamente y la prueba sin ningún tipo de sazón. La saborea y sus ojos pasan de un lado a otro haciendo cómputos y cálculos gastronómicos.

Se voltea a las especias y obtiene pimienta roja, cúrcuma, laurel, una pizca de café y sal. Hace su mezcla que polvorea encima de la carne, la cocina *vira y vira* y pone el segundo pedazo de carne en un plato. Este lo divide en tres, obtiene otros dos tenedores adicionales y lleva el plato a los chefs.

—Prueben —dice Buendiente con tono directo y seco.

No es una sugerencia y no lo toman como una. Ambos chefs pinchan la carne, la miran, la ponen en su boca y comparten sentimientos similares de odiarse a sí mismo por lo mucho que disfrutan el bocado. Buendiente sonríe, orgulloso de su talento de pegarla de una, no importa el reto que le presenten.

—Les dejo la receta para esta carne y cuando les queden aproximadamente veinte libras, me llaman para bregar con el próximo plato. Si nos enfocamos en cada carne, podemos ser más eficientes y no hará falta hacer múltiples platos. Si la cocinan siguiendo mis instrucciones, la carne se va porque se va. Mi factura ya la cuadré con Ricardo, pero además voy a necesitar algo adicional de ustedes.

El chef y el sous chef se miran sin saber cómo reaccionar. Buendiente les levanta las manos como para darle tranquilidad.

—No necesito nada desquiciado. Solo tres libras de cada uno de los "cabros". Dicho sea de paso, lo siento mucho por tu sobrina y tu hermana. Aunque no es consolación, me alegro que estemos trabajando en este menú nuevo.

Los chefs miran a Buendiente con hasta más terror. El Gurú les enseña sus dientes que por la luz o la ocasión se ven mucho más afilados de lo que uno pensaría.

—Aparte de mi trabajo también veo las noticias, mi gente. Hay que estar pendiente de potenciales "platos nuevos" para un menú. Esos dos tipos, nadie los va a extrañar. Si necesitan algo más de mí, me avisan. Ahora si me disculpan, voy a despedirme de Ricardo.

Sin dejarles responder, Buendiente se dirige al fregadero y se enjuaga las manos como si nada. Está por salir de la cocina cuando se vuelve una vez más a los chefs.

—Y si necesitan ayudan picando la carne, en confianza me avisan. Mi primo es carnicero y aparte de ser el mejor que conozco, es discreto, es familia y, como les comenté, lo que pasa en familia, se queda en familia. Bendición.

* * * *

Los próximos cuatro meses fueron los más lucrativos del restaurante *A TU GUSTO*. Cuando entrevistan al dueño sobre este nuevo éxito, Ricardo Varona solo puede expresar puro agradecimiento por el cambio de fortuna de su negocio gracias al Gurú de la Sazón.

—No sé qué nos hubiésemos hecho sin Buendiente. Aparte de profesional, es cortés, servicial, amable y pues, un muy buen tipo. Es como familia para nosotros, y además, tiene tremendo diente.

¿Quién es JD Estrada?

JD Estrada es un autor puertorriqueño que lleva publicando libros independientemente desde el 2013. Aunque primordialmente ha publicado en inglés, esta colección en español marca un hito en su trayectoria, siendo uno de varios proyectos que escribirá en su lengua natal. Además de autor, también trabaja por ser un embajador de la creatividad y los beneficios que brinda la escritura.

Siente gran orgullo de formar parte de una ola de autores puertorriqueños que exploran temas y estilos que por lo general no son la norma en los círculos literarios de la isla. Espera que disfrutes esta colección y si quieres mantenerte al tanto con sus aventuras, en confianza conecta con él a través de las redes sociales bajo el nombre de @JDEstradaWriter.

Agradecimientos

Mi más profundo agradecimiento a mi querida esposa, Janelis, por leer estas historias y ayudarme tanto para que fuesen lo mejor que pudiesen ser. Te amo.

A Vanessa Leuenberger-De Jesús, por ser lectora beta y tomar de su valioso tiempo para leer, sugerir y ayudar.

A Yuliana Cruz por sus recomendaciones directas y honestas y el esmero con que me ayudó.

A las tres les agradezco de corazón sus recomendaciones y solo espero que el trabajo final haga justicia a la ayuda que me brindaron.

A la gran Karelys Luna, por una portada que cada vez que la veo me hace sonreír. Desde que tuve la idea de este proyecto sabía que eras la artista para sacarla del parque. Gracias por darme la razón y por lucirte.

A mis hermanos de Libros Eikon, Ángel Isián y Melvin Rodríguez, por la invitación a contribuir a No Cierres los Ojos. Se abrió una puerta y espero que este sea solo el primero de muchos libros en español.

A la comunidad de autores de Puerto Rico. Cada logro suyo lo celebro como mío y estoy orgulloso de todo lo que están haciendo. Espero que este libro sea digno de compartir espacio en libreros que conquistamos.

A los lectores alrededor del mundo. Gracias por compartir de su tiempo con mis cuentos. Llena el alma y motiva a seguir escribiendo más. Nos vemos en el próximo.

A Mama, te llevo conmigo siempre.

Otros títulos de JD Estrada

Novelas:

Only Human • Shadow of a Human
(Libros 1 y 2 del Human Cycle)

Poesía:

Between the Tides

Dark Strands

Captured Moments

Pensando en Metáforas

Black Tie Affair

Roulette of Rhymes

Ballads of Hope and Joy

Rhymes from the Wicked Nursery

Colección de cuentos cortos:
Daydreams on the Sherbet Shore Vol. 1

Obras bilingües:
Twenty Veinte

Redes sociales

Blog
www.jdestradawriter.blogspot.com

Twitter / Instagram
YouTube / Facebook

@JDEstradawriter

Un último favor

En primer lugar, mi más sincero agradecimiento por leer mi trabajo. Significa mucho y si no es demasiado problema, quisiera pedir una última petición, un favor si lo desea.

Independientemente de si le gustó este libro o no, me encantaría que pudiera tomarse un momento y calificar este trabajo y cualquier otro que haya leído en Amazon, Barnes & Noble y Goodreads. Verá, ser un autor independiente significa que no pago por los anuncios y que mi trabajo llega a otras personas en función de las reseñas y referencias. Es, con mucho, lo más difícil de recibir como escritor, pero en realidad es algo que ayuda enormemente.

Tan bueno o malo, deja que se conozca tu opinión. Cuéntele a otros de mi trabajo y de cualquier otra persona independiente, porque en las redes sociales en general, se habla mucho de los autores que no necesitan el rumor, que ya tienen un equipo de marketing. ¿Pero nosotros los autores independientes? Dependemos de personas como tú. Entonces, si no es demasiado pedir, una revisión sería de gran ayuda para cada uno de nosotros y daría más alas a nuestros trabajos futuros.

Mi agradecimiento para ti y hasta la próxima nos encontraremos en mundos de palabras.

JD

Made in the USA
Middletown, DE
30 July 2024

58210224R00097